LOVE STORY

novela VERGARA

LOVE STORY

Erich Segal

Traducción de Eduardo Gudiño Kieffer

VERGARA
GRUPO ZETA

Barcelona • Bogotá • Buenos Aires • Caracas • Madrid • México D.F. • Montevideo • Quito • Santiago de Chile

Título original: *Love Story*
Traducción: Eduardo Gudiño Kieffer
1.ª edición: octubre 2011

© 1970 by Erich Segal
© Ediciones B, S. A., 2011
    Consell de Cent, 425-427 - 08009 Barcelona (España)
    www.edicionesb.com

Printed in Spain
ISBN: 978-84-666-4886-8
Depósito legal: B. 23.855-2011

Impreso por S.I.A.G.S.A.

A Sylvia Herscher y John Flaxman

... namque... solebatis
Meas esse aliquid putare nugas

1

¿Qué puede decirse de una chica de veinticinco años que murió?

Que era guapísima. Y muy inteligente. Que le gustaban Mozart y Bach. Y los Beatles. Y yo. Una vez me catalogó entre esos figuras y le pregunté en qué orden me colocaba. Ella contestó sonriendo: «Alfabético.» En ese momento yo también sonreí. Sin embargo, ahora que lo pienso bien, desearía saber si me incluía en la lista por mi nombre de pila, en cuyo caso iría detrás de Mozart, o por el apellido, lo cual me situaría entre Bach y los Beatles. De cualquier modo no me tocaba el primer puesto, lo que por alguna estúpida razón me sacaba de quicio, pues me han inculcado la idea de que siempre tengo que ser el número uno en todo. Herencia familiar y todo eso.

A principios del último curso me aficioné a ir a la biblioteca de Radcliffe para estudiar. No sólo por las chicas, aunque reconozco que el ambiente no estaba nada mal. El lugar era tranquilo, nadie me conocía y la reserva de libros tenía menos demanda. El día anterior a uno de mis exámenes de Historia todavía no había podido leer ni siquiera el primer libro de la lista, un mal endémico de Harvard. Fui al mostrador para pedir uno de los volúmenes que había de sacarme de apuros al día siguiente. Había dos bibliotecarias: una chica alta, tipo tenista del montón, y otra tipo ratoncito con gafas. Opté por Minnie Cuatro Ojos.

—¿Tenéis *La decadencia de la Edad Media*?

Ella me miró de arriba abajo.

—¿Por qué no vas a la biblioteca de tu facultad? —preguntó.

—Oye, que los de Harvard también podemos venir a la de Radcliffe.

—No me refiero a las normas escritas, niñato. Estoy hablando de ética. Vosotros tenéis cinco millones de libros. Nosotras, una miseria.

¡Vaya por Dios, me había tocado una sabihonda! Del tipo de las que piensan que, puesto que la proporción entre Radcliffe y Harvard es de cinco a uno, las chicas tienen que ser cinco veces más listas. A esa gente normalmente no le hago mucho caso, pero por desgracia necesitaba aquel dichoso libro de mala manera.

—Joder, te juro que necesito ese libro de mierda.

—¿Podrías moderar tu lenguaje, niñato?

—¿Qué te hace suponer que soy un niñato?

—Pareces estúpido y rico: un hijo de papá —dijo ella quitándose las gafas.

—Te equivocas —protesté—. En realidad soy inteligente y pobre.

—Ni hablar. Yo sí que soy inteligente y pobre.

Me miraba fijamente. Observé sus ojos castaños. Bueno, probablemente tuviera pinta de hijo de papá, pero no iba a permitir que ninguna estudiante de Radcliffe, por muy bonitos que tuviera los ojos, me tratara de tonto.

—¿Y se puede saber qué te hace tan inteligente? —pregunté.

—El hecho de que no te aceptaría ni un café —contestó.

—Oye, que yo no te he invitado.

—Precisamente —replicó—: eso es lo que te hace tan estúpido.

Quisiera explicar por qué acabé pidiéndole que me acompañara a tomar un café. Mediante tan astuta capitulación en el momento crucial —verbigracia: fingiendo que de repente deseaba invitarla— conseguí mi libro. Y como ella no podía salir hasta que cerrara la biblioteca, tuve tiempo suficiente para asimilar algunas frases sentenciosas sobre el cambio que supuso a finales del siglo XI que la realeza pasara a someterse a la ley civil, en lugar de depender del clero. Saqué un sobresaliente, la nota más alta de la clase, exactamente la misma que asigné a las piernas de Jenny cuando salió de detrás del mostrador. Sin embargo, no puedo decir que su atuendo mereciera una matrícula de honor: demasiado bohemio para mi gusto. Lo que menos me gustó era una especie de cosa rara hindú que llevaba de bolso. Por suerte no se lo dije, porque después supe que lo había diseñado ella misma.

Fuimos al Restaurante del Enano, una sandwichería cercana que, a pesar de su nombre, no era exclusivamente para gente de escasa estatura. Pedí dos cafés y una tarta de chocolate con helado (para ella).

—Soy Jennifer Cavilleri —se presentó ella—, americana de origen italiano.

Como si no saltara a la vista.

—Y estudiante de música —agregó.

—Yo me llamo Oliver.

—¿De nombre o de apellido?

—De nombre —contesté. Y luego añadí solamente que me llamaba Oliver Barrett, sin mencionar mi nombre completo.

—Ah, Barrett. ¿Como la poetisa?

—Sí. Pero no tengo nada que ver con ella.

Durante la pausa que siguió di gracias de que no me hubiera hecho la habitual y molesta pregunta: «¿Barrett, como el del Hall?» Porque mi cruz particular es que me asocien con el tipo que construyó el Barrett Hall, el edificio más grande y más feo de Harvard Yard, un monumento colosal al dinero, la vanidad y el flagrante harvardismo de mi familia.

Después de eso, ella permaneció en silencio. ¿Era posible que nos quedásemos tan pronto sin tema de conversación? ¿Había dejado de interesarle porque no tenía nada que ver con la poetisa? ¿Qué? Se limitó a permanecer allí sentada, con una media sonrisa en los labios. Para hacer algo empecé a hojear sus cuadernos. Tenía una letra rara, pequeñita y afilada, sin mayúsculas. (Pero ¿quién se creía que era? ¿e. e. cummings?) Y parece que además seguía unos cursos dificilísimos: Literatura Comparada 105, Música 150, Música 201.

—¿Música 201? ¿No es un curso para graduados?

Ella asintió sin acertar a disimular del todo su orgullo.

—Polifonía Renacentista.

—¿Qué es «polifonía»?

—Nada relacionado con el sexo, niñato.

¿Por qué tenía que seguir aguantándola? ¿Es que no leía el *Crimson* para ponerse al día de lo que pasaba en Harvard? ¿No sabía quién era yo?

—Eh... ¿sabes quién soy?

—Sí —respondió con desdén—. Eres el dueño del Barrett Hall.

Evidente: no sabía quién era yo.

—No soy el dueño —argüí—. Resulta que mi ilustre bisabuelo lo donó a Harvard.

—¡Para que su no tan ilustre bisnieto tuviera el ingreso asegurado!

Era el colmo.

—Jenny, si estás tan convencida de que soy un tarado, ¿por qué me insinuaste que te invitara a un café?

Me miró fijamente a los ojos y sonrió.

—Me gusta tu cuerpo —dijo.

Para ser un ganador lo primero es saber perder. No se trata de una paradoja. Sentirse capaz de convertir cualquier derrota en una victoria es algo distintivo de Harvard.

«Mala suerte, Barrett. Has jugado un partido alucinante.»

«De verdad, chicos, me alegro de que hayáis ganado, porque necesitabais la victoria como fuese.»

Por supuesto, un triunfo en toda línea es lo mejor. Quiero decir que, si se presenta la ocasión, un gol en el último minuto es preferible. Y mientras acompañaba a Jenny al pabellón de los dormitorios de las chicas, conservé la esperanza de conseguir un triunfo final sobre esa mocosa insolente de Radcliffe.

—Escucha, mocosa insolente de Radcliffe, el viernes por la noche es el partido de hockey con Dartmouth.

—¿Y qué?

—Que me gustaría que vinieras.

Ella me respondió con el habitual respeto de Radcliffe hacia los deportes:

—¿Y por qué se supone que debería ir a una mierda de partido de hockey?

Contesté como sin darle importancia:

—Porque juego yo.

Se produjo un breve silencio. Me parece que hasta se hubiese podido oír la nieve cayendo.

—¿En qué bando? —preguntó ella.

2

Oliver Barrett IV
Ipswich, Massachusetts
Edad: 20
Estudios: Ciencias Sociales
Cuadro de Honor: 1961, 1962, 1963
Jugador más valioso de la Ivy League: 1962, 1963
Aspirante a la carrera de: Derecho
Senior
Phillips Exeter
Estatura: 1,83 - Peso: 80

Sabía que Jenny había leído mis datos en el programa de mano. Le pregunté tres veces a Vic Claman, el manager, si de verdad estaba seguro de que ella tenía uno.

«¡Por el amor de Dios, Barrett, ni que fuera tu primera cita!»

«¡Cierra el pico o te rompo la cara!»

Mientras hacíamos los ejercicios de calentamiento en la pista, no le dirigí ni un gesto de saludo (¡qué duro!) ni miré hacia su asiento. Sin embargo, creo que pensó que no le quitaba los ojos de encima. A ver, si no: ¿por qué se quitó las gafas mientras tocaban el Himno Nacional? ¿Por puro respeto a la bandera?

Hacia la mitad del segundo tiempo íbamos cero a cero. Vale decir que en ese momento Davey Johnston y yo estábamos a punto de perforar la red de los de Dartmouth. Los muy cabrones se dieron cuenta y empezaron a jugar violentamente. Quizá querían rompernos un par de huesos antes de que empezáramos a atacar. Los hinchas ya estaban pidiendo sangre. Y en hockey esto significa literalmente sangre o, en su defecto, un gol. Como en una especie de «nobleza obliga», yo nunca les había negado una cosa ni la otra.

Al Redding, el central de los Dartmouth, embistió a través de nuestra línea y yo me arrojé contra él, le robé el disco y empecé a deslizarme sobre el hielo. El público rugía. Vi a Davey Johnston a mi izquierda, pero decidí seguir adelante con el ataque en solitario, pues el portero de ellos era un tipo medio gallina que me tenía pánico desde que jugó con los de Deerfield. Antes de poder tirar, dos defensas contrarios se abalanzaron sobre mí y tuve que patinar alrededor de su portería para conservar el disco. Tres de los nuestros los empujaron hacia las bandas. Siempre habían sido algo así como mi guardia de corps, actuando juntos para vapulear de lo lindo a cualquiera que llevara los colores enemigos. En alguna parte, bajo nuestros patines, había quedado el disco, pero por el momento estábamos concentrados en quitarnos a esos desgraciados de encima.

El árbitro hizo sonar su silbato.

—¡Usted: dos minutos de expulsión!

Levanté la vista. Me estaba señalando a mí. ¿A mí? ¿Qué había hecho yo para merecer una penalización?

—Pero árbitro... ¿qué he hecho?

No parecía interesado en absoluto en continuar el diálogo. Estaba llamando a la cabina oficial y señalando con ambos brazos:

—Número siete, dos minutos.

Yo protesté un poco, como es de rigor. El público siempre espera una protesta, sin importar lo flagrante que sea la falta cometida. El árbitro me echó. Hirviendo de frustración patiné hacia el box de penalización. Mientras entraba, oí el ruido de las cuchillas sobre la madera del suelo y el ladrido de los altavoces:

—Expulsión. Barrett, de Harvard. Dos minutos. ¡Ya!

La muchedumbre abucheó, varios de los nuestros impugnaron la visión e integridad de los árbitros. Yo traté de contener el aliento, sin mirar arriba ni a la pista, donde los de Dartmouth nos estaban dando con todo, además de superarnos en número.

—¿Qué haces aquí sentado, mientras todos tus compañeros están jugando?

Era la voz de Jenny. La ignoré, alentando a los jugadores de mi equipo.

—¡Vamos, arriba, Harvard! ¡Ahí tenéis un hueco!

—¿Qué has hecho de malo?

Me volví para contestarle. Era mi invitada, al fin y al cabo.

—Juego duro.

Y volví a mirar a mis compañeros, que trataban de impedir los esfuerzos de Al Redding para marcar un gol.

—¿Tan grave es eso?

—¡Jenny, por favor, estoy tratando de concentrarme!

—¿En qué?

—¡En cómo voy a hacer papilla a ese cabronazo de Al Redding!

Miré hacia la pista de hielo para dar apoyo moral a mis colegas.

—¿Te va el juego sucio?

Mis ojos estaban fijos en nuestro avance, ahora difícil por la defensa de los contrincantes. No veía la hora de estar de nuevo allí. Jenny insistió:

—¿A mí también me harás «papilla»?

Le contesté sin volverme.

—Ahora mismo si no te callas.

—Me voy. Adiós.

Cuando me volví ella había desaparecido. Mientras me ponía de pie para mirar más lejos, tratando de divisarla, anunciaron que los dos minutos de penalización ya habían pasado. Salté la barrera... ¡y otra vez en el hielo!

El público coreó mi regreso. En cualquier lugar en que se escondiera, Jenny oiría el enorme entusiasmo que despertaba mi presencia. Pero a quién le importaba dónde estaba ella.

¿Dónde estaba?

Al Redding consiguió un tiro letal, que nuestro portero pudo desviar hacia Gene Kennaway, quien a su vez me lo pasó a mí. Mientras patinaba detrás del disco pensé que tenía una décima de segundo para echar una ojeada a las gradas, para localizar a Jenny. Lo hice. La vi. Estaba allí.

Inmediatamente después me encontré sentado sobre el hielo.

Dos cabrones con camiseta verde se habían arrojado sobre mí y mi trasero quedó bien posado sobre la pista mientras yo —¡Dios mío!— sentía una vergüenza más allá de todo lo imaginable. ¡Barrett caído! Oía a los leales hinchas de Harvard dándome ánimos y a los de Dartmouth pidiendo mi cabeza.

—¡Que lo maten, que lo maten!

¿Qué pensaría Jenny?

Dartmouth tenía el disco otra vez cerca de nuestra

portería, y de nuevo nuestro portero desvió el tiro. Kennaway se lo pasó a Johnston, quien lo disparó hacia mí (para entonces ya me había puesto de pie). Los aficionados gritaban como posesos. Tenía que marcar como fuese. Me llevé el disco y corrí a través de la línea de Dartmouth. Dos defensas venían derechos hacia mí.

—¡Dale, Oliver, Dale! ¡Arráncales la cabeza!

Escuché el grito agudo de Jenny entre el gentío. Fue exquisitamente violento. Esquivé a uno de los defensas, me arrojé sobre el otro con tanta fuerza que perdió el aliento y entonces, para no errar, se lo pasé a Davey Johnston, que se había colocado en el lugar justo. Davey tiró a portería. ¡Gol de Harvard!

Un instante después nos estábamos abrazando y besando. Davey Johnston y yo y los otros muchachos. Abrazándonos y besándonos y palmeándonos y saltando de un lado a otro (sobre los patines). El público gritaba. El tipo de Dartmouth al que yo había golpeado todavía estaba sentado en el hielo. Los hinchas tiraban los programas a la pista. Esto acabó de romper la línea trasera de Dartmouth. (Se trata de una metáfora, porque en realidad el defensor se levantó cuando recuperó el aliento.) Les ganamos siete a cero.

Si fuera un sentimental, si me importara tanto Harvard como para colgar una foto en la pared, no sería la de Winthrop House, o la de Mem Church, sino la de

Dillon. Dillon Field House, el pabellón deportivo. Si tuve un hogar espiritual en Harvard, fue éste. Aunque el decano Nate Pusey me invalide el título por decir esto, debo admitir que la Biblioteca Widener significa mucho menos para mí que Dillon. Durante los años que estuve en la universidad, cada tarde me dirigía a ese lugar, saludaba a mis compañeros con amistosas obscenidades, me quitaba los adornos de la civilización y me convertía en un deportista. ¡Qué fantástico era ponerse los protectores y la camiseta con el viejo número 7! (Tenía pesadillas en las que me quitaban ese número, pero en la realidad eso nunca llegó a suceder.) ¡Qué grandioso ponerme los patines y caminar hacia la pista de patinaje Watson!

El regreso a Dillon era aún mejor: quitarme la camiseta sudada, ir desnudo a buscar una toalla.

«¿Cómo te ha ido hoy, Ollie?»

«Fenómeno, Richie. Genial, Jimmy.»

Y después a las duchas, donde uno se enteraba de quién hizo qué a quién y cuántas veces el último sábado por la noche. «Les dimos una buena a esos asquerosos de Mount Ida, ¿no?» Además, yo tenía el privilegio de disfrutar de un lugar privado para meditar. Mi bendita rodilla enferma (sí, bendita, como demuestra mi tarjeta de enrolamiento) tenía que recibir su masaje de rigor después de jugar. Mientras me sentaba y miraba las argollas girando alrededor de mi pierna, podía catalogar mis cortes y magulladuras (en cierto sentido los disfrutaba), y me distraía pensando en todo y en nada. Esa noche pensé en el tanto logrado con mi asistencia, y en el que metí yo mismo después. Y consideré virtualmente preservado mi tercer nombramiento consecutivo como jugador más valioso de la Ivy League.

—¿Haciéndote masajitos, Ollie?

Era Jackie Felt, nuestro entrenador y guía espiritual autodesignado.

—¿A ti que te parece? ¿Que me la estoy cascando?

Jackie refunfuñó, pero se le iluminó la cara en una mueca idiota.

—¿Sabes lo que te pasa en esa rodilla, Ollie? ¿Lo sabes?

Había ido a todos los traumatólogos de las principales ciudades del Este, pero Felt creía saber mucho más que ellos.

—Es un problema de alimentación.

La verdad es que el tema no me interesaba.

—No tomas suficiente sal.

Si le seguía la corriente probablemente se iría.

—De acuerdo, Jack, empezaré a tomar más sal.

¡Joder, qué alegrón se llevó! Se fue con una sorprendente expresión de triunfo en su cara de idiota. Bueno, la cuestión es que ya estaba solo otra vez. Dejé que mi cuerpo agradablemente dolorido se deslizara en el agua, cerré los ojos y permanecí allí sentado, sumergido hasta el cogote en el agua calentita. ¡Ahhh!

¡Dios mío! Jenny estaría esperándome fuera. ¡Ojalá! ¡Todavía! ¡Dios mío! ¿Cuánto tiempo había disfrutado de ese bienestar mientras ella me aguardaba en el exterior, en el frío de Cambridge? Logré batir un nuevo récord al vestirme. Ni siquiera estaba del todo seco cuando empujé la puerta principal de Dillon.

El aire helado me azotó. ¡Qué frío hacía, y qué oscuro estaba! Aún quedaba un grupito de hinchas. Casi todos viejos fanáticos del hockey, graduados que nunca habían podido desprenderse mentalmente de los protectores. Tipos como el viejo Jordan Jencks, que asiste hasta a los partidos más intrascendentes, aquí o en campo contrario. ¿Cómo lo hacen? Quiero decir: Jencks, por ejemplo, es un gran banquero, no debe de tener demasiado tiempo libre. ¿Y por qué lo hacen?

—Menudo empujón te han dado, Oliver.

—Sí, señor Jencks. Usted ya sabe cómo son ésos, la clase de juego sucio que practican.

Mientras hablaba miraba hacia todas partes, tratando de descubrir a Jenny. ¿Habría regresado a Radcliffe, sola?

—¿Jenny?

Me alejé tres o cuatro pasos de los aficionados, buscándola desesperadamente. Ella surgió de improviso detrás de unos arbustos, totalmente envuelta en un echarpe que sólo dejaba ver sus ojos.

—¡Hola, niñato! ¡Hace un frío que pela!

¡Cómo me alegré de verla!

—¡Jenny!

Casi sin darme cuenta la besé suavemente en la frente.

—¿Quién te ha dado permiso?

—¿Qué?

—¿Te he dicho yo que podías besarme?

—Lo siento. Me he dejado llevar.

—Yo no.

Estábamos casi demasiado solos allí fuera; estaba oscuro y hacía frío y era tarde. La besé otra vez, pero no en la frente ni con suavidad: el beso duró un largo y agradable momento. Cuando nos separamos, ella siguió aferrada a mis mangas.

—No me gusta —dijo.

—¿El qué?

—El hecho de que me guste.

Mientras regresábamos caminando (tengo coche, pero ella prefirió andar), Jenny se colgó de mi manga. De mi manga, no de mi brazo. No me pidan que lo explique. En el umbral de Briggs Hall, el pabellón de los dormitorios de las chicas, no le di el beso de las buenas noches.

—Escucha, Jen, probablemente no te llame en unos meses.

Se quedó un rato en silencio. Un ratito.

—¿Por qué? —preguntó finalmente.

—Aunque también es posible que te llame en cuanto llegue a mi habitación.

Me volví y eché a andar.

—¡Cretino! —oí que murmuraba.

Di media vuelta y desde una distancia de cinco metros le solté:

—Mira, Jenny, podrás hacerte la desentendida, pero en realidad no puedes resistirte.

Me habría gustado ver la expresión de su cara, pero la estrategia me impedía acercarme.

Mi compañero de habitación, Ray Stratton, estaba jugando al póquer con dos colegas del equipo de fútbol cuando entré.

—Hola, gente.

Respondieron con los gruñidos pertinentes.

—¿Has conseguido algo esta noche, Ollie? —preguntó Ray.

—Una asistencia y un gol.

—¿Y con la Cavilleri?

—Eso no es cosa tuya —repliqué.

—¿Quién es ésa? —preguntó uno de los jugadores de póquer.

—Jenny Cavilleri —contestó Ray—. Una cursilona de música.

—La conozco —dijo otro—. Una estrecha.

Ignoré a esos cerdos calentorros mientras desenchufaba el teléfono para llevarlo a mi dormitorio.

—Toca el piano en la Bach Society —dijo Stratton.

—¿Y qué le toca a Barrett?

—¡Vete a saber!

Bufidos, gruñidos y carcajadas. Los animales se reían.

—Señores —anuncié mientras me largaba—, a tomar por culo.

Cerré la puerta sobre otra ola de bramidos infrahumanos, me quité los zapatos, me recosté en la cama y marqué el número de Jenny.

Hablamos en susurros.

—Hola, Jen...

—¿Qué hay?

—Jen... ¿qué dirías si te dijera...?

Vacilé. Ella esperaba.

—Pienso... Creo que te quiero.

Hubo una pausa. Después ella respondió suavísimamente.

—Diría... que la has pringado.

Y colgó.

Pero no me sentí desdichado. Ni sorprendido.

3

En el partido de Cornell me lesionaron.

En realidad fue culpa mía. En un momento crítico cometí el error fatal de referirme a su central como «jodido canadiense». Mi fallo fue no recordar que cuatro miembros de su equipo eran canadienses... todos ellos, según demostraron, extremadamente patriotas, en excelente forma y en absoluto sordos. Para agregar un insulto a la injuria, el castigado fui yo. Y no con una penalización normal: nada menos que cinco minutos por armar bronca. ¡Cómo me abuchearon los hinchas de Cornell cuando anunciaron la falta! Claro, los aficionados de Harvard que habían venido al infierno de Ithaca, en Nueva York, eran pocos, aunque en el partido se decidía el título de la Ivy League. ¡Cinco minutos! Vi que nuestro entrenador se tiraba de los pelos mientras yo me retiraba al banquillo.

Jackie Felt vino corriendo hacia mí. Sólo entonces

me di cuenta de que todo el lado derecho de mi cara estaba cubierto de sangre.

—Dios mío —repetía Jackie sin parar, mientras me torturaba con un lápiz antiséptico—. Dios mío, Ollie.

Me quedé sentado e inmóvil, mirando hacia delante. Me daba vergüenza observar la pista de hielo, donde mis peores temores materializaron rápidamente: Cornell marcó un gol. La hinchada de Ithaca gritó y rugió y aulló. Habían conseguido el empate. Era muy probable que Cornell ganara el partido... y con él, el título de la Ivy League. ¡Mierda! Y apenas se había cumplido la mitad del tiempo de mi expulsión.

Al otro lado de la pista, el minúsculo contingente de Harvard había quedado ceñudo y silencioso. Por un momento ambas aficiones me habían olvidado. Sólo un espectador mantenía sus ojos fijos en el banquillo de las penalizaciones. Sí, él estaba presente. «Si la reunión termina a tiempo, trataré de llegar a Cornell.» Sentado entre los de Harvard —pero sin gritar, por supuesto— se encontraba Oliver Barrett III.

Al otro lado de la extensión de hielo, el Viejo Cara de Piedra observaba impasible y en silencio cómo aplicaban apósitos adhesivos en la cara de su hijo hasta detener la última gota de sangre. ¿Qué estaría pensando, se preguntarán? ¿Tst, tst, tst, o frases al uso?

«Oliver, si te gusta tanto pelear, ¿por qué no te pasas al equipo de boxeo?»

«En Exeter no hay equipo de boxeo, papá.»

«En fin, quizá sería mejor que no viniera a verte jugar.»

«¿Crees que me peleo en tu honor, papá?»

«Bueno, yo no diría "honor".»

Pero, claro, ¿quién podía saber en qué estaba pensando? Oliver Barrett III era el monte Rushmore andante y a veces parlante: Cara de Piedra.

Tal vez el Viejo Fósil estaba entregado a su usual homenaje a sí mismo: «Miradme, esta noche hay poquísimos aficionados de Harvard, y sin embargo aquí me tenéis. Yo, Oliver Barrett III, un hombre ocupadísimo, con bancos que dirigir y todo eso, he encontrado tiempo para venir a Cornell a un humilde partido de hockey.» Sin duda admirable. (¿Para quién?)

La multitud rugió de nuevo, ahora de modo realmente salvaje. Otro gol de Cornell. Ya iban ganando, y aún me quedaban dos minutos de penalización. Davey Johnston patinó hacia delante, la cara enrojecida, furioso. Pasó justo a mi lado sin echarme ni siquiera una ojeada. ¿Me pareció que había lágrimas en sus ojos? En fin, cierto que el título estaba en juego... ¡pero hombre, llegar a las lágrimas! En esa época Davey, nuestro capitán, tenía una trayectoria espectacular: durante siete años nunca había jugado del lado perdedor, ni en el instituto ni en la universidad. Era algo así como una leyenda viviente. Y era alumno de último curso. Y aquél era nuestro último partido en serio.

Que perdimos seis a tres.

Después del partido, una radiografía puso en claro que no tenía ningún hueso roto, y luego el doctor Richard Selzer me puso doce puntos en el corte de la mejilla. Jackie Felt revoloteaba alrededor del consultorio, diciendo al médico de Cornell que mi alimentación era deficiente y que todo esto habría podido evitarse si hubiera tomado suficiente sal. Selzer ignoró a Jack y me hizo una cruda advertencia acerca de que había estado a punto de dañarme «el fondo del ojo» (para emplear los términos médicos), y que lo más prudente sería no jugar durante una semana. Le di las gracias. Se fue, mientras Felt trataba de darle caza para seguir hablando con él sobre mi nutrición. Me alegré de quedarme solo.

Me duché despacito, cuidando de no mojarme la cara, que me dolía mucho. La novocaína me estaba haciendo un poco de efecto, aunque de algún modo prefería sentir dolor. Es decir, me compensaba. ¿No lo había jodido yo todo? Habíamos perdido el título, habíamos roto nuestra serie ininterrumpida de éxitos (los alumnos de último curso nunca habían sido derrotados) y la de Davey Johnston también. Quizá la culpa no había sido totalmente mía, pero en ese momento así lo sentía.

No había nadie en los vestuarios. Todos mis compañeros debían de estar ya en el motel. Supuse que ninguno de los muchachos querría verme o hablarme. Con ese terrible regusto amargo —me sentía tan mal que hasta podía saborearlo—, guardé mis cosas y salí. No había muchos aficionados de Harvard fuera, en la soledad invernal de ese remoto lugar del estado de Nueva York.

—¿Cómo va esa mejilla, Barrett?

—Bien, gracias, señor Jencks.

—Probablemente necesites un filete —dijo otra voz familiar. Así dictaminó Oliver Barrett III. Muy típico de él, sugerir la anticuada medida de un pedazo de carne para un ojo morado.

—Gracias, papá —dije—. El doctor ya me ha hecho las curas necesarias. —Le mostré la venda que cubría los doce puntos de Seizer.

—Me refiero a la cena, hijo.

En la mesa mantuvimos otra serie de nuestras no-conversaciones, de esas que comienzan con un «¿Cómo te van las cosas?» y terminan con «¿Puedo hacer algo por ti?».

—¿Cómo te van las cosas, hijo?

—Muy bien.

—¿Te duele la cara?

—No.

Me estaba empezando a doler de la hostia.

—Me gustaría que Jack Wells te viera esa herida el lunes.

—No será necesario.

—Es un especialista...

—El médico de Cornell no es precisamente un veterinario —dije, esperando empañar el habitual esnobismo de mi padre, que siente debilidad por los especialistas, los expertos y toda clase de «gente bien».

—Como quieras —susurró Oliver Barrett III en algo que al principio tomé como un intento de chiste—. Porque ese corte que te han hecho es bestial.

—Pues sí —dije. (¿Se suponía que debía reírme?)

Y enseguida me pregunté si ese leve rasgo de ingenio no contendría una reprimenda implícita por mi comportamiento durante el partido.

—¿Quieres decir que esta tarde me he portado como un animal?

Su expresión sugirió cierto placer ante el mero hecho de que se lo preguntara.

—Has sido tú quien ha hablado de veterinarios. —se limitó a responder. Visto lo cual decidí ponerme a estudiar el menú.

Mientras nos servían, el Viejo Fósil se lanzó a otro de sus estúpidos sermones, esta vez, si mal no recuerdo —aunque trato de no hacerlo— concerniente a victorias y derrotas. Observó que habíamos perdido el título (¡muy perspicaz de tu parte, papá!), pero que después de todo, en materia de deportes, lo importante no es tanto ganar como participar. Su perorata sonaba sospechosamente parecida a una paráfrasis del lema olímpico, y sentí que eso era una insinuación para tirar por la ventana competencias tan triviales como el título de la Ivy League. Pero no me sentía como para seguirle la corriente, de modo que le regalé sus cuotas de «sí, papá», y punto.

La conversación prosiguió centrada en el tema favorito del Viejo Fósil: mis planes.

—Dime, Oliver, ¿has tenido noticias de la Facultad de Derecho?

—En realidad aún no he decidido del todo si voy a estudiar Derecho, papá.

—Lo que te pregunto es si la Facultad de Derecho ha tomado alguna decisión sobre ti.

¿Otro intento de chiste? ¿Se suponía que debía reír ante el despliegue retórico de mi padre?

—No, papá, no he tenido noticias.

—Podría telefonear a Price Zimmerman...

—¡No! —lo interrumpí en un reflejo instantáneo—. Por favor, no, papá.

—No lo haría para presionar —dijo O. B. III al instante—. Sólo para preguntar.

—Prefiero recibir esa comunicación igual que todos los demás. Por favor.

—Sí, por supuesto. Bien.

—Gracias.

—De todas formas, estoy seguro de que te aceptarán.

No sé por qué, pero O. B. III tiene una peculiar manera de ofenderme aunque pretenda halagarme.

—Pues yo no lo estoy tanto —repliqué—. En cualquier caso, allí no hay equipo de hockey.

No tengo ni idea de por qué me rebajaba yo mismo. Quizá para llevarle la contra, porque él tomaba siempre la actitud opuesta.

—Tienes otras cualidades —dijo Oliver Barrett III, sin llegar a concretarlas. (Dudo de que hubiera podido hacerlo.)

La comida era tan insulsa como la conversación, salvo porque era posible predecir que los panecillos estarían secos antes de que nos los sirvieran, mientras que nunca he podido adivinar qué tema abordará mi padre.

—Además, siempre está el Cuerpo de Paz —recalcó, sin que viniera a cuento.

—¿Cómo? —pregunté, no muy seguro de si mi padre planteaba una afirmación o una pregunta.

—Pienso que el Cuerpo de Paz está muy bien, ¿no te parece? —dijo.

—Bueno —contesté—, desde luego siempre será mejor que un Cuerpo de Guerra.

Estábamos en tablas. Yo no sabía qué quería decir él y viceversa. ¿Se habría zanjado el asunto? ¿Pasaríamos a discutir las noticias del día o la política gubernamental? No. Se me olvidaba que el tema básico de nuestras conversaciones era siempre mis planes.

—Por mi parte no tendría ninguna objeción a que te unieras al Cuerpo de Paz, Oliver.

—Lo mismo digo —contesté, correspondiendo a su generosidad de espíritu. Estoy seguro de que el Viejo Fósil nunca me escucha, por lo tanto no me sorprendió que no reaccionara ante mi pequeño sarcasmo.

—Pero entre tus compañeros —continuó—, ¿qué actitud reina sobre eso?

—¿Cómo?

—¿Piensan que el Cuerpo de Paz es importante para sus vidas?

Supongo que mi padre necesitaba oír la frase tanto como el pez necesita el agua:

—Sí, papá.

Hasta el pastel de manzana estaba rancio.

A eso de las once y media lo acompañé hasta su coche.

—¿Puedo hacer algo por ti, hijo?

—No, papá. Buenas noches, papá.

El coche arrancó.

Sí: hay aviones entre Boston e Ithaca, Nueva York. Pero Oliver Barrett III eligió conducir. Un buen número de horas al volante, que no cabe considerar un gesto de amor paterno, porque a mi padre le encanta conducir, y punto. Rápido. Y a esa hora de la noche, en un Aston Martin DBS, se puede ir como un rayo. No lo dudé: Oliver Barrett III batiría su propio récord de velocidad entre Ithaca y Boston, establecido el año anterior, cuando le ganamos a Cornell y obtuvimos el título. Lo sé porque vi que al poner el coche en marcha echaba un vistazo a su reloj.

Volví al motel para telefonear a Jenny. Fue el mejor momento de la noche. Le conté lo de la pelea (omitiendo la naturaleza precisa del *casus belli*), y puedo asegurar que disfrutó con ello. No muchos de sus amiguitos musicales tenían oportunidad de liarse a puñetazos con alguien.

—Pero ¿al menos te desquitaste del tipo que te pegó?

—Totalmente. Lo hice papilla.

—Me habría gustado verlo. Quizá le des una paliza a alguien en el partido con Yale, ¿eh?

—Claro.

Sonreí. Cómo le gustaban a Jenny las cosas sencillas de la vida.

4

—Jenny está en el teléfono de abajo.

Esta información me fue proporcionada por la telefonista, aunque yo no me había identificado ni anunciado mi propósito de aparecer en Briggs Hall ese lunes por la tarde. Rápidamente deduje que aquello significaba varios puntos a mi favor. Era obvio: la chica que me recibió leía el *Crimson* y me conocía. Bien, eso pasaba muy a menudo. Más importante era el hecho de que Jenny, por lo visto, había mencionado que salíamos juntos.

—Gracias —dije—. Esperaré aquí.

—Qué lástima lo de Cornell. El *Crimson* dice que cuatro tipos te atacaron.

—Sí. Y me expulsaron a mí. Cinco minutos.

—Ya.

La diferencia entre un amigo y un hincha es que con los últimos la conversación se acaba enseguida.

—¿Jenny está aún al teléfono?

Ella comprobó la centralita y replicó:

—Sí.

¿Con quién estaría hablando Jenny? ¿Quién era digno de usurpar unos momentos de una cita conmigo? ¿Algún músico? Yo sabía muy bien que Martin Davidson, uno de los del curso superior de Adams House, director de la orquesta de la Bach Society, consideraba que tenía ciertos privilegios en la atención de Jenny. Nada físico: no creo que el tipo pudiera mover nada más que su batuta. De todos modos, me dispuse a poner fin a semejante usurpación de mi tiempo.

—¿Donde está la cabina telefónica?

—A la vuelta de la esquina. —La chica señaló en la dirección indicada.

Me dirigí lentamente a la sala de estar. Desde lejos vi a Jenny en la cabina. Había dejado la puerta abierta. Avancé despacio, como quien da un paseo, esperando que ella me viera, que viera mis vendas, mis lesiones, y se sintiera obligada a colgar y lanzarse a mis brazos. Al aproximarme capté fragmentos de su conversación.

—Sí. ¡Por supuesto! Muchísimo. Oh, yo también, Phil. Yo también te quiero, Phil.

Me detuve en seco. ¿Con quién estaba hablando? No con Davidson, que no se llamaba Phil ni nada parecido. Hacía tiempo había buscado su nombre en el anuario: «Martin Eugene Davidson, 70 Riverside Drive, Nueva York, Escuela Superior de Música y Arte.» Su foto sugería sensibilidad, inteligencia, y unos quince kilos menos que yo. Pero ¿por qué me preocupaba Davidson? Era evidente que Jenny Cavilleri iba a dejarnos de lado, a él y a mí, para elegir a un tipo al que en ese preciso instante estaba mandando besitos por teléfono (¡qué fresca!).

Había estado fuera sólo cuarenta y ocho horas, y eso bastaba para que algún desgraciado llamado Phil se deslizara en la cama de Jenny (¡tenía que ser eso!).

—Sí, Phil, yo también te quiero. Adiós.

Mientras colgaba me vio, y casi sin ruborizarse sonrió y me tiró un beso. ¿Cómo podía ser tan hipócrita?

Me besó suavemente en la mejilla sana.

—Huy... Estás espantoso.

—Me lesionaron, Jen.

—¿El otro quedó peor?

—Mucho peor. Es lo mío: siempre consigo que el otro quede peor que yo.

Lo dije en el tono más amenazador que pude, para dar a entender que podía cascar a cualquier presunto rival que se metiera en su cama mientras yo estaba fuera de su vista y, evidentemente, también de sus pensamientos. Ella se aferró a mi manga y nos encaminamos a la puerta.

—Buenas noches, Jenny —dijo la recepcionista.

—Buenas, Sara Jane —contestó Jenny.

Cuando estuvimos fuera, antes de subir a mi MG, me oxigené los pulmones con una bocanada de aire del atardecer y largué la pregunta tan casualmente como pude.

—Oye, Jenny...

—¿Eh?

—Hummm... ¿quién es Phil?

Ella contestó con la mayor naturalidad, mientras subía al coche:

—Mi padre.

Yo no estaba dispuesto a tragarme el cuento.

—¿A tu padre lo llamas Phil?

—Ése es su nombre. ¿Cómo llamas tú al tuyo?

Una vez Jenny me contó que había sido criada por su padre, una especie de panadero de Cranston, Rhode Island. Cuando ella era muy pequeña su madre se mató en un accidente de coche. Me dijo todo eso para explicarme por qué no tenía permiso de conducir. Su padre por lo demás era «un tipo formidable» (por emplear sus propias palabras), era increíblemente supersticioso en cuanto a dejar que su única hija condujera. Esto fue una verdadera tragedia durante los últimos años de instituto, cuando ella estudiaba piano con un tipo en Providence. Aunque aprovechando los largos viajes en autobús, empezó a leerse todo Proust.

—¿Cómo llamas al tuyo? —preguntó otra vez.

Estaba tan distraído que no entendí su pregunta.

—¿Mi qué?

—¿Qué término empleas cuando te refieres a tu progenitor?

Le contesté con el término que siempre hubiera deseado emplear.

—Cabronazo.

—¿En su cara? —preguntó ella.

—Nunca le veo la cara.

—¿Usa una máscara?

—En cierto modo, sí. De piedra. Toda de piedra.

—Pero bueno... seguro que está muy orgulloso de ti. Eres el mejor atleta de Harvard.

La miré. Supongo que ella no lo sabía todo, a fin de cuentas.

—También él lo fue, Jen.

—¿Más grande que el jugador más valioso de la Ivy League?

Me gustó ver que se enorgullecía de mis credenciales deportivas. Lástima que me tuviera que rebajar yo mismo para reconocer los méritos de mi padre.

—Él practicaba el remo. Participó en las Olimpiadas, en 1928.

—¡Vaya! —dijo ella—. ¿Y ganó?

—No —respondí, y sospecho que se percató de que el hecho de que mi padre resultara sexto en las finales me proporcionaba algún consuelo.

Se produjo un breve silencio. Posiblemente Jenny empezaba a entender que ser Oliver Barrett IV no implicaba sólo vivir con ese edificio de piedra gris en el campus de Harvard. Entrañaba también una especie de intimidación muscular. Quiero decir que la imagen de una proeza atlética se cierne sobre uno. Esto es, sobre mí.

—Pero ¿qué hace él para calificarlo de cabronazo?

—Me obliga.

—¿Cómo?

—Que me obliga —repetí.

Abrió mucho los ojos, expresando su asombro.

—¿Te refieres a algo así como incesto? —preguntó.

—No me vengas con tus líos familiares, Jen. Bastante tengo con los míos.

—No entiendo, Oliver —dijo Jenny—. ¿A qué te obliga?

—Me obliga a hacer lo que está bien —dije.

—¿Y qué hay de malo en «lo que está bien»? —preguntó ella, recreándose en la aparente paradoja.

Entonces le conté cómo me repugnaba haber sido programado para la Tradición Barrett, algo que ya debería haber notado, al ver cómo me incordiaba el tener que mencionar la numeración al final de mi nombre. Y no me gustaba tener que realizar determinada cantidad de proezas por cada cifra de ese número.

—¡Ah, claro! —dijo Jenny en un claro sarcasmo—. ¡Ya me he dado cuenta de cómo te fastidia sacar las mejores notas y ser el jugador más valioso de la Ivy League!

—¡No! ¡Lo que me fastidia es que él no esperaba menos de mí! —El hecho de expresar lo que siempre había sentido (aunque nunca había confesado a nadie) me produjo una sensación de incomodidad. Pero a esas alturas, tenía que hacérselo entender todo a Jenny—. ¡Y su frialdad ante mis éxitos! ¡Es que el tío los da por descontados!

—Pero es un hombre de negocios. ¿Acaso no dirige montones de bancos y esas cosas?

—¡Pero bueno, Jenny! ¿Se puede saber de qué lado estás?

—¿Acaso se trata de una guerra?

—Ni más ni menos —repliqué.

—No seas ridículo, Oliver.

Jenny no parecía capaz de entenderlo. Y allí tuve la primera sospecha de que una brecha cultural nos separaba. Quiero decir que tres años y medio de Harvard y Radcliffe nos habían llevado a ser los engreídos intelectuales que esas instituciones tradicionalmente producen, pero cuando llegaba el caso de aceptar que mi padre estaba hecho de piedra, ella se adhería a alguna atávica noción italomediterránea: «papá-ama-bambinos», y nada se podía argumentar contra eso.

Traté de exponerle un ejemplo que venía como anillo al dedo: esa ridícula no-conversación que habíamos mantenido después del partido con Cornell. Eso le causó una profunda impresión, pero en el sentido equivocado.

—¿Hizo todo el camino hasta Ithaca para ver el dichoso partido de hockey?

Traté de explicar que el viejo era todo forma sin ningún contenido, pero ella estaba obsesionada por el hecho de que mi padre hubiera viajado tanto para presenciar un acontecimiento deportivo tan (relativamente) trivial.

—Mira, Jenny, mejor lo dejamos.

—Gracias a Dios que estás emperrado con lo de tu padre —contestó ella—. Eso quiere decir que no eres perfecto.

—Oye, ¿y tú lo eres?

—Pues claro que no, niñato. Si lo fuera, no estaría saliendo contigo.

Siempre lo mismo.

5

Me gustaría decir algo acerca de nuestras relaciones físicas.

Durante un tiempo extrañamente largo no las mantuvimos. Es decir, no hubo nada más importante que esos besos que ya he mencionado y que recuerdo hasta el último detalle. En lo que a mí respecta, no era mi estilo habitual, pues soy más bien impulsivo, impaciente y partidario de la acción. Si le dijeran a cualquiera de una docena de chicas de Tower Court, Wellesley, que durante tres semanas Oliver Barrett IV había estado saliendo a diario con una damisela sin acostarse con ella, seguro que se reiría y pondría muy en duda la feminidad de la chica en cuestión. Pero, por supuesto, la verdad fue muy otra.

Yo no sabía qué hacer.

No me interpreten mal ni lo tomen literalmente.

Por supuesto, yo sabía qué pasos debía seguir. Lo malo era que no me atrevía a darlos. Jenny era tan inteligente que me daba miedo que se riera de lo que yo tradicionalmente había considerado el romántico (e irresistible) estilo de Oliver Barrett IV. Temía que me rechazara, sí. Y también temía que me aceptara por motivos erróneos. Lo que intento decir con tantas vueltas es que Jenny me inspiraba algo distinto, y no sabía cómo expresarlo ni a quién confiarme. («Podrías haberte confiado a mí», dijo ella tiempo después.) Sólo sabía que ella me inspiraba esos sentimientos. Toda ella.

—Te van a suspender, Oliver.

Estábamos sentados en mi cuarto un domingo por la tarde, leyendo.

—Oliver, te van a suspender si te quedas mirándome mientras yo estudio.

—No te estoy mirando estudiar. Estoy estudiando.

—Mentiroso. Me estás mirando las piernas.

—Sólo de vez en cuando. Una vez por capítulo.

—Los capítulos de ese libro deben de ser muy cortos.

—Escucha, arpía narcisista: ¡no eres tan guapa como te crees!

—Eso ya lo sé. Pero ¿qué le voy a hacer si tú piensas que sí lo soy?

Tiré mi libro y crucé la habitación hasta donde ella estaba sentada.

—Jenny, por el amor de Dios, ¿cómo voy a leer a John Stuart Mill si a cada segundo me muero de ganas de hacer el amor contigo?

Ella arrugó la frente y se enfurruñó.

—¡Oliver, por favor!

Me estaba inclinando hacia su silla. Ella bajó los ojos hacia su libro.

—Jenny...

Cerró el libro suavemente, lo dejó a un lado y apoyó las manos en mis hombros.

—Oliver... Por favor.

Todo sucedió enseguida. Todo.

Nuestro primer encuentro físico fue el polo opuesto de nuestro primer encuentro verbal. Todo ocurrió sin prisas, suave, dulcemente. No había sabido reconocer a la verdadera Jenny, suavísima, cuyo contacto era tan leve y tan tierno. Y aún más sorprendente: mi propia respuesta. Yo también fui cariñoso. Y tierno. ¿Era ése el verdadero Oliver Barrett IV?

Como ya he dicho, nunca había visto a Jenny con un botón del suéter desabrochado más allá de lo correcto. Me sorprendió un tanto descubrir que llevaba una pequeña cruz dorada. Era una de esas cadenas sin cierre que nunca se abren. O sea que, cuando hicimos el amor, ella llevaba puesta esa cruz. En un momento de reposo de esa tarde deliciosa, en uno de esos instantes en que todo y nada es importante, toqué la crucecita y le pregunté qué tendría que decir su confesor acerca de que estuviéramos juntos en la cama y todo eso. Ella contestó que no tenía confesor.

—¿No eres una buena chica católica? —pregunté.

—Bueno, soy una chica —dijo—. Y también soy buena.

Me miró esperando un asentimiento y yo sonreí. Ella sonrió a su vez.

—No está mal: dos de tres.

Entonces le pregunté el porqué de esa cruz. Y de las que no pueden quitarse, nada menos. Me explicó que había sido de su madre; la llevaba por razones sentimentales, no religiosas. La conversación volvió otra vez hacia nosotros dos.

—Oliver, ¿te he dicho que te quiero? —preguntó.

—No, Jen.

—¿Por qué no me lo has preguntado nunca?

—La verdad es que tenía miedo.

—Pues pregúntamelo ahora.

—¿Me quieres, Jenny?

Me miró y ella me preguntó a su vez:

—¿Tú qué crees?

—Que sí. Eso espero. Puede ser.

La besé en el cuello.

—¿Oliver?

—¿Sí?

—En realidad no es que te quiera...

¡Ay, Dios! ¿A qué venía esto?

—Es que estoy loca por ti, Oliver.

6

Quiero mucho a Ray Stratton.

Tal vez no sea un genio o un gran jugador de fútbol (un poco lento en los remates), pero siempre ha sido un buen compañero de habitación y un amigo incondicional. Y cómo sufrió el pobrecillo durante casi todo nuestro último curso. ¿Adónde iba a estudiar cuando veía la corbata en el picaporte de nuestro cuarto (la señal tradicional que advertía «dentro hay acción»)? Desde luego, no es que él estudiara mucho, pero de vez en cuando tenía que hacerlo. Pongamos que fuera a la biblioteca, o a Lamont, o al Pi Eta Club. Pero ¿dónde dormía esas noches de sábado, cuando Jenny y yo decidíamos saltarnos las normas y quedarnos juntos? Seguramente tenía que pedir asilo (el sofá de los vecinos, etc.), suponiendo que ellos, a su vez, no tuvieran algún plan. Bueno, al menos la temporada de fútbol ya había terminado. Y yo hubiera hecho lo mismo por él.

Pero ¿cuál era la recompensa de Ray? En otros tiempos yo había compartido con él hasta los menores detalles de mis triunfos amorosos. Ahora no sólo se le negaba ese inalienable derecho de los compañeros de cuarto, sino que ni siquiera admití que Jenny y yo fuéramos amantes. Sólo le hacía saber cuándo necesitábamos la habitación, y nada más. Stratton podía sacar las conclusiones que quisiera.

—Pero bueno... hombre, ¿lo hacéis o no?

—Raymond, como amigo te pido que no hagas preguntas.

—¡Pero hombre, Barrett! ¡Las tardes, los viernes por la noche, los sábados por la noche! ¡Hombre, seguro que lo hacéis!

—Si estás seguro, ¿por qué preguntas tanto?

—Porque no me parece sano.

—¿A qué te refieres?

—A la situación en general, Ol. Quiero decir que antes no eras así. En fin... eso de no contarle ni un pequeño detalle al bueno de Ray. Bueno, pues... que no es justo. Nada sano. A ver: ¿qué la hace tan diferente?

—Mira, Ray, cuando se trata de amor entre dos personas maduras....

—¿Amor?

—¡Lo dices como si fuera una palabrota!

—¿Amor? ¿A tu edad? Tío, sí que lo siento.

—¿Por qué? ¿Te preocupa mi salud mental?

—Tu soltería. Tu libertad. ¡Tu vida!

Pobre Ray. Lo decía en serio.

—Tienes miedo de perder a tu compañero de cuarto, ¿eh?

—Venga ya. En cierto sentido he ganado un compañero más, con la de tiempo que ella pasa aquí.

Yo me estaba vistiendo para un concierto, de modo que el diálogo no podía prolongarse mucho.

—No te preocupes, Raymond. Todo se va a cumplir como lo hemos planeado: tendremos ese apartamento en Nueva York, chicas distintas todas las noches, todo.

—No me vengas con ésas, Barrett. Esta chica te ha cazado.

—Tú tranquilo, que todo está bajo control —contesté. Me ajusté la corbata y me dirigí a la puerta, pero Stratton no parecía convencido del todo.

—Escucha, Ollie...

—¿Sí?

—Pero lo hacéis, ¿no?

—¡Por Dios, Stratton!

Lo del concierto... no es que fuera con Jenny, es que iba a verla actuar a ella. La Bach Society interpretaba el *Quinto Concierto de Brandeburgo* en la Dunster House, y Jenny era solista de clavicémbalo. Yo la había oído tocar muchas veces, por supuesto, pero nunca con un grupo o en público. ¡Dios mío, qué orgulloso estaba! No cometió ningún error, que yo advirtiera.

—Has estado genial —le dije después del concierto.

—Eso demuestra lo que sabes tú de música, niñato.

—Sé lo suficiente.

Estábamos en el patio del Dunster. Era una de esas tardes de abril en que uno cree que la primavera se decidirá a instalarse, finalmente, en Cambridge. Los colegas de Jenny estaban paseando por allí cerca (incluido Martin Davidson, que me arrojaba invisibles bombas de odio), de modo que no era cuestión de ponerse a discutir con ella sobre mis conocimientos musicales.

Cruzamos el Memorial Drive para caminar a orillas del río.

—No exageres, Barrett, por favor. He tocado bien, pero no ha sido genial. Ni siquiera al estilo de la Ivy League. Sólo correcto. ¿De acuerdo?

¿Cómo discutir con ella cuando se empeñaba en rebajarse?

—De acuerdo. Has tocado sólo de forma correcta. Únicamente quería decir que no tienes que dejarlo.

—¿Y quién ha dicho que vaya a dejarlo, por el amor de Dios? Voy a estudiar con Nadia Boulanger, ¿no?

¿De qué diablos estaba hablando? Por la forma en

que calló inmediatamente comprendí que se le había escapado la noticia.

—¿Quién? —pregunté.

—Nadia Boulanger. Una famosa profesora de música. En París.

Pronunció las últimas palabras con rapidez, como de pasada.

—¿En París? —pregunté con bastante lentitud.

—Acepta muy pocos alumnos americanos. Yo he tenido suerte. Y también he conseguido una buena beca.

—Jennifer, ¿te vas a París?

—Nunca he estado en Europa. No veo el momento de conocer todo aquello.

La agarré por los hombros. Probablemente estuve demasiado brusco, no sé.

—¿Cuánto hace que lo decidiste?

Por una vez en su vida, Jenny no pudo mirarme a los ojos.

—Ollie, no seas tonto —dijo—. Es inevitable.

—¿Qué es inevitable?

—Que nos graduemos y cada uno siga su camino. Tú a la Facultad de Derecho y...

—Espera un minuto. ¿De qué estás hablando?

Ahora sí me miró a los ojos. Y advertí la tristeza que velaba su rostro.

—Ollie, eres un niño de papá millonario, y yo, socialmente, soy un cero a la izquierda.

Yo la sujetaba aún por los hombros.

—¿Y eso qué diablos tiene que ver con lo de seguir caminos separados? Ahora estamos juntos y somos felices.

—Ollie, no seas tonto —repitió—. Harvard es como la bolsa de Navidad de Santa Claus: puedes meter juntos cualquier clase de juguetes, a lo loco. Pero después la fiesta termina, te sacuden y... —Jenny vaciló—... y no te queda más remedio que volver al lugar que te corresponde.

—¿Quieres decir que vas a volver a hacer galletitas en Cranston, Rhode Island?

Estaba hablando a la desesperada.

—Pan —dijo ella—. Y no te burles de mi padre.

—Entonces no me dejes, Jenny. Por favor.

—¿Y mi beca? ¿Y París, que no he visto en toda mi vida?

—¿Y nuestra boda?

Fui yo quien pronunció estas palabras, aunque por unos segundos no estuve muy seguro de haberlo hecho.

—¿Quién ha hablado de boda?

—Yo. Lo estoy diciendo en este preciso instante.

—¿Quieres casarte conmigo?

—Sí.

Ella inclinó la cabeza y sin un asomo de sonrisa se limitó a preguntarme:

—¿Por qué?

La miré fijamente a los ojos.

—Porque sí —dije.

—Vaya, es una razón excelente.

Me agarró del brazo (no de la manga esta vez) y seguimos caminando por la orilla del río. Realmente, no había nada más que decir.

7

El trayecto entre Ipswich, Massachusetts, y el puente sobre el río Mystic lleva unos cuarenta minutos, todo depende del tiempo y de la manera de conducir. De hecho, alguna vez he hecho ese camino en veintinueve minutos. Cierto distinguido banquero de Boston asegura haberlo hecho en menos tiempo, pero cuando se está discutiendo sobre el tema «menos de treinta minutos desde el puente hasta casa de los Barrett», es difícil separar la realidad de la fantasía. Y ocurre que yo considero veintinueve minutos como el límite absoluto. Uno no puede saltarse las señales de tráfico en la Ruta 1, ¿verdad?

—Estás conduciendo como un loco —dijo Jenny.

—Esto es Boston —contesté—. Aquí todos van como locos. —En aquel momento acabábamos de detenernos ante un semáforo en la Ruta 1.

—Nos mataremos antes de que tus padres puedan asesinarnos.

—Oye, Jen, que mis padres son encantadores.

La luz cambió. El MG alcanzó una velocidad de cien kilómetros por hora en menos de diez segundos.

—¿También el Cabronazo? —preguntó.

—¿Quién?

—Oliver Barrett III.

—Ah, es un buen tipo. Ya verás, te caerá estupendamente.

—¿Cómo lo sabes?

—A todo el mundo le cae bien —repliqué.

—Entonces, ¿por qué a ti no?

—Porque le cae bien a todo el mundo —dije.

A todo esto, ¿por qué la llevaba a conocer a mis padres? Quiero decir: ¿de verdad necesitaba la bendición del Viejo Cara de Piedra o algo por el estilo? En parte lo hacía porque ella lo deseaba («Es la manera correcta de hacerlo, Oliver»), y en parte por el simple hecho de que Oliver III era mi banquero en el sentido más literal: él me pagaba los malditos estudios.

Tenía que ser el domingo a cenar, ¿no? Quiero decir, eso es *comme il faut*, ¿eh? El domingo, cuando todos los cretinos salían en coche y formaban un colosal embotellamiento en la Ruta 1. Logré salir de la carretera y tomar Groton Street, un camino cuyas curvas había tomado a altísimas velocidades desde que tenía trece años.

—Por aquí no hay casas —dijo Jenny—. Sólo árboles.

—Las casas están detrás de los árboles.

Yendo por Groton Street hay que andar con ojo para no saltarse la entrada de nuestra residencia. Y en efecto, yo mismo me distraje y pasé de largo. Trescientos metros más allá frené bruscamente.

—¿Dónde estamos? —preguntó ella.

—Nos hemos pasado —refunfuñé entre unas cuantas palabrotas.

¿Hubo algo simbólico en el hecho de retroceder trescientos metros hasta la entrada de nuestra finca? En cualquier caso, una vez en tierras de los Barrett, conduje despacio. Hay por lo menos ochocientos metros desde Groton Street hasta la casa propiamente dicha. El camino pasa por delante de otros... bueno, digamos edificios. Pero me imagino que la propiedad resulta impresionante cuando uno la ve por primera vez.

—¡La rehostia! —dijo Jenny.

—¿Qué pasa?

—Frena, Oliver. En serio. Para el coche.

Detuve el coche. Ella estaba retorciéndose las manos.

—Eh... No me lo había imaginado así.

—¿Cómo?

—Tan lujoso... seguro que hasta tenéis todo un batallón de criados.

Quise acariciarla para que se calmara, pero tenía las palmas húmedas (cosa rara en mí), de modo que tuve que tranquilizarla verbalmente.

—Por favor, Jen. Todo irá de maravilla.

—Sí, sí... Pero ¿por qué, de pronto, deseo que mi nombre sea Abigail Adams o Wendy WASP?

Recorrimos el resto del camino en silencio. Aparqué y nos dirigimos a la puerta principal. Mientras esperábamos que abrieran, Jenny sucumbió al pánico del último momento.

—Huyamos —dijo.

—Quedémonos y luchemos —dije.

¿Alguno de los dos estaba bromeando?

Florence, una devota y antigua sirvienta de la familia Barrett, nos abrió la puerta.

—¡Ah, señorito Oliver! —me saludó.

¡Dios mío, cómo me incordia que me llamen así! Detesto esa implícita distinción entre el Viejo Cara de Piedra y yo, que me sitúa un escalón por debajo.

Florence nos comunicó que mis padres nos esperaban en la biblioteca. Jenny se quedó pasmada frente a algunos de los retratos que tenemos en casa. No sólo porque varios estuvieran firmados por John Singer Sargent (en especial el de Oliver Barrett II, en ocasiones expuesto en el Museo de Boston), sino porque se dio cuenta de que no todos mis antepasados se llamaban Barrett. Había robustas mujeres Barrett que tras un excelente matrimonio engendraron criaturas tales como Barrett Winthrop, Richard Barrett Sewall e incluso Abbott Lawrence Lyman, quien tuvo la osadía de pasar por la vida (y por Harvard, su implícita analogía) llegando a ser un químico laureado sin contar siquiera con un Barrett en su apellido.

—¡Por Dios! —dijo Jenny—. ¡Si la mitad de los edificios de Harvard están aquí colgados!

—Chorradas —contesté.

—No sabía que estabas emparentado también con la Sewall Boat House —dijo ella.

—Ajá. Desciendo de una larga estirpe de madera y piedra.

Al final de la larga hilera de retratos, y justo antes de doblar hacia la biblioteca, hay una vitrina con trofeos deportivos.

—Preciosos —dijo Jenny—. Es la primera vez que veo unos que parezcan realmente de oro y plata.

—Es que son de oro y plata.

—¡Vaya! ¿Son tuyos?

—No. De él.

Es una indiscutible realidad que Oliver Barrett III no se clasificó en las Olimpiadas de Ámsterdam. Sin embargo, también es una gran verdad que obtuvo importantísimas victorias en remo en otras ocasiones. Varias. Muchas. La prueba fehaciente de ello estaba ahora frente a los deslumbrados ojos de Jennifer.

—No dan copas como éstas en los campeonatos de bolos de Cranston.

En ese momento empecé a pensar que me estaba tomando el pelo.

—¿Y tú no tienes trofeos, Oliver?

—Sí.

—¿En una vitrina?

—Arriba, en mi habitación. Debajo de la cama.

Ella me dirigió una de sus típicas miradas y susurró:

—Más tarde iremos a verlos, ¿eh?

Antes de que acertara a contestar o adivinar siquiera las verdaderas intenciones de Jenny para sugerir una excursión a mi dormitorio, nos interrumpieron.

—Hola, qué hay...

¡Cabronazo! Era el Cabronazo.

—Hola, papá. Te presento a Jennifer.

—Hola.

Antes de que terminara de presentársela él ya estaba estrechándole la mano. Advertí que no llevaba ninguno de sus trajes de banquero. Ni mucho menos: Oliver Barrett III se había puesto para la ocasión una alegre chaqueta sport de cachemira. Y una insidiosa sonrisa quebraba su habitual continencia pétrea.

—Entrad a saludar a la señora Barrett.

Otra emoción estremecedora, tipo «una-sola-vez-en-la-vida», de las que parecía haber un montón esperando a Jenny: conocer a Alison Forbes *Botellita* Barrett (en mis momentos más perversos me imaginaba cómo podía haber llegado a afectarle su apodo del instituto, si no hubiera estado destinada a convertirse en la fervorosa benefactora de museos que era). Según los anales, *Botellita* Forbes nunca llegó a terminar los estudios. Dejó el Smith College en segundo año, con la total bendición de sus padres, para casarse con Oliver Barrett III.

—Mi esposa, Alison... Jennifer.

Me había usurpado ya las funciones de presentador.

—Calliveri —agregué, puesto que el Viejo Cara de Piedra no sabía su apellido.

—Cavilleri —añadió Jenny cortésmente, puesto que yo lo había pronunciado mal por primera y única vez en mi puta vida.

—¿Como en *Cavalleria Rusticana*? —preguntó mi madre, probablemente para probar que a pesar de sus estudios inconclusos era bastante culta.

—Exacto. —Jenny le sonrió—. Pero nada que ver.

—Ah —dijo mi madre.

—Ah —dijo mi padre.

A lo cual, dudando de que hubiesen captado la picardía de Jenny, no pude por menos que agregar:

—¿Ah?

Mi madre y Jenny se dieron la mano, y tras el usual intercambio de banalidades del que nunca se puede prescindir en mi casa, nos sentamos. Todos permanecíamos en silencio. Traté de adivinar lo que estaba pasando. Sin lugar a dudas, mi madre estaba sometiendo a Jenny a un examen, comprobando su vestimenta (nada bohemia esa tarde), su postura, su conducta, su forma de hablar. En ese aspecto, el acento de Cranston permanecía incólume, incluso en los momentos de máxima cortesía. Y quizá Jenny, a su vez, estaba analizando a mi madre. Según dicen, es algo habitual entre las chicas. Se supone que ese examen les revela datos acerca de los tipos con quienes se van a casar. Tal vez estaba haciendo también un análisis de Oliver Barrett III. ¿Advirtió que era más alto que yo? ¿Le gustó su chaqueta de cachemira? Oliver III, por supuesto, concentraba todas sus energías en mí, como de costumbre.

—¿Cómo te va todo, hijo?

Para ser un licenciado en Harvard y Oxford, era un pésimo conversador.

—Bien, papá. De primera.

Como no queriendo ser menos, mi madre dio la bienvenida a Jenny.

—¿Habéis tenido un buen viaje?

—Sí. Rápido y sin incidentes.

—Oliver se pasa con la velocidad —intervino el Viejo Fósil.

—No más que tú, papá —repliqué.

¿Qué respondería a esto?

—Bueno, supongo que tienes razón.

Ya te digo...

Mi madre, que siempre está de su parte, en cualquier circunstancia, pasó a un tema de interés más general, música o arte, creo. La verdad es que no le prestaba mucha atención. De pronto, una taza de té llegó a mis manos.

—Gracias —dije. Y agregué—: Tendremos que irnos pronto.

—¿Eh? —preguntó Jenny. Al parecer habían estado charlando sobre Puccini o algo así, y mi comentario fue considerado un tanto fuera de lugar. Mi madre me miró (cosa rara).

—Pero ¿no os quedáis a cenar?

—Hummm... no podremos —respondí.

—Por supuesto —contestó Jenny casi simultáneamente.

—Yo tengo que volver —dije.

Jenny me miró como preguntando: «Pero ¿a qué viene eso?» Entonces el Viejo Fósil dictaminó:

—Vosotros dos os quedáis a cenar. Es una orden.

La falsa sonrisa que apareció en su cara no restó un ápice de autoridad a su exigencia. Y yo no admito esa clase de imposiciones, aunque provengan de un finalista olímpico.

—No podemos, papá —repliqué.

—Tendremos que quedarnos, Oliver —intervino Jenny.

—¿Por qué? —pregunté.

—Porque tengo hambre —dijo ella.

Así pues, obedeciendo los designios de Oliver III, nos sentamos a la mesa. Él inclinó la cabeza. Mamá y Jenny siguieron su ejemplo. Yo me limité a bajar los ojos.

—Señor, bendice estos alimentos que vamos a recibir y ayúdanos a ser conscientes de las necesidades y deseos de nuestro prójimo. Te lo pedimos en nombre de Tu Hijo Jesucristo. Amén.

¡El colmo! ¡Qué mortificado me sentí! ¿No podían haber prescindido de la beatería por una vez? ¿Qué pensaría Jenny? ¡Dios, aquello parecía el retorno a la Edad Media!

—Amén —dijo mi madre (y Jenny también, muy despacito).

—¡Al ataque! —dije yo en broma.

Pero a nadie pareció hacerle gracia, y a Jenny la que menos, porque desvió la mirada mientras Oliver III me observaba de soslayo.

—Pues sí, ya me gustaría que fueras al ataque de vez en cuando, Oliver.

No comimos en un silencio total gracias a la notable capacidad de mi madre para la charla trivial.

—¿Así que tu familia es de Cranston, Jenny?

—Casi toda. Mi madre era de Falls River.

—Los Barrett tienen molinos en Falls River —hizo notar Oliver Barrett III.

—Donde han explotado a los pobres durante generaciones —agregó Oliver Barrett IV.

—En el siglo diecinueve —agregó Oliver III.

Mi madre sonrió, aparentemente satisfecha de que «su» Oliver hubiera anotado ese tanto. Pero la cosa siguió.

—¿Y qué pasó con esos planes de automatizar los molinos? —lancé de rebote.

Hubo una breve pausa. Yo esperaba una réplica inmediata y fulminante.

—¿Qué tal un café? —dijo Alison Forbes *Botellita* Barrett.

Pasamos a la biblioteca para lo que definitivamente sería el último asalto. Jenny y yo teníamos clase al día siguiente, el Viejo tendría que ir al banco y todo eso, y seguramente mi madre tendría a su vez una de sus actividades benéficas esperándola.

—¿Azúcar, Oliver? —preguntó mi madre.

—Oliver siempre lo toma con azúcar, querida —dijo mi padre.

—Esta noche no, gracias —dije yo—. Café solo, mamá.

Bien, todos teníamos nuestras tazas, todos estábamos allí cómodamente sentados sin nada que decirnos. De modo que busqué un tema de conversación.

—Dime, Jennifer —dije—, ¿qué opinas del Cuerpo de Paz?

Ella frunció el ceño, negándose a cooperar.

—¡Oh! ¿Se lo has dicho ya, O. B.? —soltó mi madre dirigiéndose a mi padre.

—No es el momento, querida —respondió Oliver III con una especie de falsa humildad que pregonaba: «¡Preguntadme, preguntadme!»

No tuve más remedio que hacerlo:

—¿De qué se trata, papá?

—Bah, nada importante, hijo.

—No entiendo cómo puedes decir eso —dijo mi madre volviéndose hacia mí para pasarme el mensaje con todas sus ganas (ya he dicho que siempre está de su parte)—: Tu padre va a ser nombrado director del Cuerpo de Paz.

—Vaya.

Jenny también dijo «vaya», pero con un tono diferente, más entusiasta. Mi padre fingió sentirse algo avergonzado, y mi madre parecía esperar que yo me cayera al suelo de la sorpresa o algo por el estilo. Pero bueno, ¡no lo nombraban secretario de Estado, digo yo!

—Enhorabuena, señor Barrett —dijo Jenny, tomando la iniciativa.

—Sí. Muchas felicidades, papá.

Mi madre estaba como loca por hablar del asunto.

—En mi opinión va a ser una maravillosa experiencia educativa —dijo.

—Sin duda —agregó Jenny.

—Sí —dije sin mucha convicción—. Esto... ¿me pasas el azúcar, por favor?

8

—¡No fastidies! ¡Ni que lo nombraran secretario de Estado!

Por fin volvíamos a Cambridge, gracias a Dios.

—De todas formas podrías haber mostrado más entusiasmo.

—Le he dado la enhorabuena.

—Qué generoso de tu parte.

—¿Pues qué esperabas, por el amor de Dios?

—¡Es el colmo! —replicó ella—. ¡Ya empiezo a estar harta!

—Y yo —añadí.

Circulamos un buen rato sin decir palabra. Pero había algo que me incomodaba.

—¿De qué estás harta, Jen? —pregunté al cabo de un rato.

—De la forma en que tratas a tu padre.

—¿Y cómo me trata él a mí, eh?

Ya había abierto una grieta. O, mejor dicho, la compuerta de un dique. Porque Jenny se lanzó a una ofensiva a gran escala sobre el amor paternofilial, resultado de su síndrome italomediterráneo. Y me recriminó mi insolencia.

—Y tú, venga dale que te pego... —dijo ella.

—Es mutuo, Jen. ¿No te has dado cuenta?

—No creo que te pares ante nada, con tal de molestar a tu padre.

—Nada puede molestar a Oliver Barrett III.

Se produjo un extraño silencio antes de que replicara:

—Nada... salvo que te cases con Jennifer Cavilleri.

Conservé la calma suficiente como para entrar en el aparcamiento de una marisquería. Entonces me volví hacia Jenny hecho una furia.

—¿Eso es lo que piensas? —pregunté.

—Pienso que algo de eso hay —respondió sin perder la calma.

—¿No crees que te quiero de verdad? —grité.

—Sí —contestó con la misma serenidad—. Pero, pero en cierto modo, curiosamente también amas mi estatus social negativo.

Sólo podía decir no. Lo dije varias veces y en varios tonos de voz. En fin, estaba tan trastornado que hasta consideré la posibilidad de que hubiera algo de verdad en esa horrible insinuación. Jenny tampoco estaba en buena forma.

—Yo no puedo juzgar, Ollie. Pero creo que forma parte de un todo. Es decir, soy consciente de que no sólo te quiero por ti mismo. También me atrae tu nombre. Y tu número.

Apartó la mirada y pensé que iba a echarse a llorar. Pero no lo hizo, terminó de expresar lo que pensaba:

—... después de todo, es lo que eres.

Me quedé un rato en silencio, mirando un cartel de neón intermitente: «Almejas y ostras.» Lo que más me gustaba de Jenny era su habilidad para entenderme, para captar mis sentimientos sin que yo tuviera que concretarlos en palabras. Y eso era precisamente lo que estaba haciendo. Pero ¿podría enfrentarme al hecho de no ser perfecto? Pero, bueno, ¡si ella ya se había enfrentado a mi imperfección y a la suya propia! ¡Qué indigno me sentí! Me quedé sin palabras.

—¿Te apetece una almeja o una ostra, Jen?

—¿Te apetece un guantazo en las narices, niñato?

—Sí —dije.

Ella cerró el puño y lo apoyó suavemente en mi mejilla. Le besé la mano, y mientras trataba de abrazarla, ella se escurrió y ordenó como la chica del gánster:

—¡En marcha, niñato! ¡Al volante y pisa a fondo!

Y así lo hice. Ya lo creo.

A grandes rasgos, los comentarios de mi padre giraron en torno a lo que él consideraba un exceso de velocidad. Prisa. Precipitación. He olvidado sus palabras exactas, pero recuerdo bien que el tema de su sermón durante nuestro almuerzo en el Harvard Club fue en un principio mi excesiva prisa al comer y mi manía de tragar la comida sin masticar lo suficiente. Yo respetuosamente sugerí que ya no era un crío, y que ya no le correspondía corregir ni comentar mi comportamiento. Él comentó que hasta los líderes mundiales necesitaban una crítica constructiva de vez en cuando. Lo tomé como una sutil alusión a su labor en Washington, durante la primera administración de Roosevelt. Pero no me sentía como para llevarlo a recordar a F. D. R., o su papel en la reforma bancaria americana. De modo que me callé la boca.

Como he dicho, estábamos almorzando en el Harvard Club de Boston (yo demasiado rápido, en opinión de mi padre). Así pues, nos encontrábamos en su ambiente, con sus antiguos condiscípulos, clientes, admiradores y demás. Un escenario perfecto. Aguzando el oído, se podía oír a algunos de ellos murmurando cosas como «Ahí va Oliver Barrett» o «Ése es Barrett, el gran atleta».

Mantuvimos otro asalto de nuestra serie de no-conversaciones. Pero en esta ocasión la vaguedad de la charla resultaba ya demasiado conspicua.

—Papá, no me has dicho ni una palabra acerca de Jennifer.

—¿Y qué se puede decir? Nos la has presentado como un *fait accompli*, ¿no es así?

—Pero ¿tú qué piensas?

—Jennifer me parece admirable. Para una chica de su extracción social, llegar a Radcliffe...

Hala, ya empezaba a divagar con toda esa mierda pseudoigualitaria para escurrir el bulto.

—¿Podrías ir directo al asunto, papá?

—El asunto, como tú dices, no tiene nada que ver con ella, sino contigo.

—¿Qué?

—Tu rebelión —agregó—. Eres un rebelde, hijo.

—La verdad, no entiendo por qué el hecho de casarse con una guapísima prometedora alumna de Radcliffe puede considerarse rebeldía. Ella no es ninguna hippie medio loca, digo...

—No es eso ni muchas otras cosas.

Ah, ya llegábamos al meollo. El maldito núcleo de la cuestión.

—¿Qué te fastidia más, papá? ¿Que sea católica o que sea pobre?

Él respondió en una especie de susurro, inclinándose hacia mí:

—¿Y a ti qué es lo que más te atrae?

Estuve a punto de levantarme e irme. Y se lo dije.

—Quédate aquí y habla como un hombre —dijo él.

¿Como un hombre en oposición a qué? ¿A un niño? ¿A una niña? ¿A un ratón? En cualquier caso, decidí quedarme.

El Cabronazo mostró una enorme satisfacción cuando vio que permanecía sentado. Seguro que lo consideró otra de sus muchas victorias sobre mí.

—Sólo te pediría que esperarais un tiempo —dijo Oliver Barrett III.

—Define «un tiempo», por favor.

—Termina la carrera. Si vais en serio, podréis superar la prueba del tiempo.

—Sí, vamos en serio, ¿por qué habríamos de someter nuestra relación a una prueba arbitraria?

Mi posición estaba bien clara, supongo. Me oponía a él. A su arbitrariedad. A su obsesión por dominar y controlar mi vida.

—Oliver. —Papá empezó un nuevo asalto—. Eres menor...

—¿Menor para qué? —Para entonces ya empezaba a perder los estribos.

—Aún no has cumplido los veintiuno. Legalmente aún no eres una persona adulta.

—¡A la mierda tus legalismos!

Quizás algunos comensales de las mesas vecinas oyeron esta observación. Como para compensar mi exabrupto, Oliver Barrett III lanzó las siguientes palabras en un murmullo:

—Si te casas con ella ahora, no te voy a dar ni la hora.

Que nos oyeran: ¿a quién le importaba?

—Papá, la cuestión es que en realidad no sabes ni en qué época vivimos.

Salí de su vida y comencé la mía.

9

Faltaba todavía la cuestión de Cranston, Rhode Island, una ciudad situada al sur de Boston, casi a la misma distancia que Ipswich, sólo que ésta queda al norte. Después del fiasco de la presentación de Jennifer a su potencial familia política («¿Tendré que llamarla "familia apolítica"?», se burló ella), yo no tenía la menor esperanza en mi encuentro con su padre. Es decir, en este caso yo estaría perturbando ese gran síndrome amoroso italomediterráneo, mezclado con el hecho de que Jenny era hija única, mezclado con el hecho de que no tenía madre, lo que a su vez implicaba la existencia de un vínculo excepcionalmente estrecho con su padre. En resumen: chocaría contra todas esas fuerzas emocionales que describen los libros de psicología.

Aparte del hecho de que yo estaba sin blanca.

Es decir, imaginen por un segundo a Olivero Barretto, un encantador muchacho italiano vecino de Cranston, Rhode Island. Va a ver al señor Cavilleri, un pastelero de dicha ciudad, y dice: «Vengo a pedirle la mano de su única hija, Jennifer.» ¿Cuál sería la primera pregunta del viejo? (No pondría en duda el amor de Barretto, puesto que conocer a Jenny es amarla, esto es una verdad universal.) No, el señor Cavilleri diría algo así como: «Muy bien, Barretto, ¿cómo piensas mantenerla?»

Y ahora imaginen la lógica reacción del señor Cavilleri si Barretto le informara de que las cosas serían a la inversa, al menos durante los próximos tres años: ¡era su hija quien habría de mantener a su yerno! ¿El buen señor Cavilleri no le mostraría a Barretto la puerta de la calle? Es más: ¿no lo echaría a patadas si Barretto no tuviera mi corpulencia?

Ya te digo.

Esto puede servir para explicar por qué, esa tarde de un domingo de mayo, yo obedecía a pies juntillas todas las señales de límite de velocidad mientras íbamos hacia el sur por la Ruta 95. Jenny, que disfrutaba de mi pausada conducción, en un momento determinado se quejó de que íbamos a ochenta en una zona de cien kilómetros por hora. Le dije que el coche necesitaba un repaso, cosa que no creyó en absoluto.

—Dímelo otra vez, Jen.

La paciencia no era una de las virtudes de Jenny, que se negó a mantener mi confianza repitiendo por enésima vez las respuestas a todas las preguntas que le había hecho.

—Sólo una vez más, Jen, por favor.

—Lo llamé. Hablé con él. Dijo que muy bien. En inglés, porque como ya te he dicho y por extraño que te parezca, no sabe ni una palabra de italiano, excepto unos cuantos tacos.

—Pero ¿qué quiere decir «muy bien»?

—¿Me estás diciendo que la Facultad de Derecho de Harvard ha aceptado a un alumno que no sabe qué significa «muy bien»?

—Es que no es un término legal, Jenny.

Ella me acarició el brazo. Gracias a Dios, eso sí que lo entendí. Aun así, necesitaba algunas aclaraciones más. Tenía que saber qué me esperaba.

—«Muy bien» también puede significar «Si no hay más remedio...».

Jenny encontró en su corazón caridad suficiente para repetirme una vez más los detalles de la conversación con su padre. Se había alegrado. Y mucho. Al mandarla a Radcliffe, ya había dado por sentado que su hija no volvería a Cranston para casarse con el chico de al lado (quien, por otra parte, se lo había propuesto antes de que se fuera). Al principio no podía creer que el nombre de su prometido fuera Oliver Barrett IV, y alertó a su hija sobre el peligro de violar el undécimo mandamiento.

—¿Cuál es? —le pregunté.

—No cachondearse del padre.

—Vaya.

—Y eso fue todo, Oliver. De verdad.

—¿Sabe que soy pobre?

—Sí.

—¿No le importa?

—Al menos así tenéis algo en común.

—Pero preferiría que yo tuviera un poco de pasta, ¿no?

—¿Tú no?

Me quedé callado durante el resto del viaje.

Jenny vivía en Hamilton Avenue, una larga línea de casas de madera con montones de niños en las aceras y unos pocos árboles agonizantes. Mientras circulaba por esa calle, buscando un aparcamiento, me sentí como en otro país. Para empezar, había mucha gente. Además de los grupos de chiquillos que andaban por ahí jugando, había familias enteras sentadas en sus porches aparentemente sin nada mejor que hacer ese domingo que mirarme aparcar mi MG.

Jenny se bajó primero. En Cranston gastaba unos reflejos increíbles, como un pequeño y ágil saltamontes. Cuando los mirones de los porches vieron quién era mi pasajera se produjo algo así como un murmullo de aprobación. ¡Nada menos que la gran Cavilleri! Al oír la bienvenida que le dedicaban, me dio casi vergüenza salir. Porque, desde luego, yo no podía pasar ni por un momento por el hipotético Olivero Barretto.

—¡Hola, Jenny! —oí que gritaba con entusiasmo una robusta matrona.

—¡Hola, señora Capodilupo! —respondió Jenny a su vez.

Al bajar del coche, fui el blanco de todas las miradas.

—Eh, ¿quién es ese chico? —gritó la señora Capodilupo. Estaba visto: la diplomacia no era lo suyo.

—No, nadie —contestó Jenny. Lo cual fue como agua de mayo para mi estado de ánimo.

—Puede ser —volvió a chillar la señora Capodilupo—. ¡Pero la chica que va con él sí que es alguien, desde luego!

—Eso ya lo sabe —replicó Jenny.

Entonces se volvió para satisfacer a los vecinos del otro lado.

—Eso ya lo sabe —dijo a todo un nuevo grupo de admiradores suyos. Me dio la mano (yo me sentía como un extraño en el paraíso), y me condujo por la escalera hacia el 189 A de Hamilton Avenue.

Fue un momento incómodo.

Me quedé allí plantado mientras Jenny decía:

—Te presento a mi padre.

Y Phil Cavilleri, un tipo de Rhode Island, sanote él (pongamos un metro setenta y cinco de estatura, y setenta y cinco kilos de peso), de cuarenta y muchos años, me tendió la mano.

Se la estreché y el tipo apretó con fuerza.

—¿Cómo está usted, señor Cavilleri?

—Phil —me corrigió—. Llámame Phil.

—Señor Phil —repliqué sin soltarle la mano.

A lo cual siguió otro momento espantoso. Porque en cuanto me soltó la mano, el señor Cavilleri se volvió hacia su hija dando un grito increíble:

—¡Jennifer!

Durante una décima de segundo no pasó nada. Y al instante los dos se estaban abrazando estrechamente. Muy fuerte. Balanceándose de un lado a otro. Todo lo que el señor Cavilleri podía ofrecer a guisa de ulterior comentario era la (ahora muy suave) repetición del nombre de su hija: «Jennifer.» Y todo lo que su hija graduada en Radcliffe con honores podía ofrecer a guisa de respuesta era: «Phil.»

Definitivamente... yo estaba de más.

Un detalle de mi esmerada educación me ayudó a salir con bien esa tarde. Siempre me habían dicho que no hay que hablar con la boca llena, y puesto que tanto Phil como su hija estuvieron conspirando para llenar ese orificio, yo no tuve que hablar. Debí de comer una cantidad ingente de bollos italianos. Más tarde diserté largamente sobre los que me habían gustado más (no comí menos de dos de cada clase, por temor a ofenderlos), con gran deleite por parte de los dos Cavilleri.

—Está muy bien —dijo Phil Cavilleri a su hija.

¿Qué significaba eso?

Yo ya no necesitaba que me definieran «muy bien», tan sólo quería saber cuál de mis pocas y circunspectas actitudes me había ganado ese afectuoso epíteto.

¿Me habían gustado los bollos apropiados? ¿Fue mi apretón de manos lo bastante enérgico? ¿O qué otra cosa?

—Ya te lo había dicho, Phil —dijo la hija del señor Cavilleri.

—Muy bien —repitió su padre—. Pero de todas formas tenía que comprobarlo por mí mismo. Ahora ya lo he visto. ¿Oliver? —añadió, dirigiéndose a mí.

—¿Sí, señor?

—Phil.

—¿Sí, señor Phil?

—Me pareces muy bien.

—Gracias, señor. Me alegro. De verdad que me alegro mucho. Y usted sabe lo que siento por su hija, señor. Y por usted, señor.

—Oliver —interrumpió Jenny—. ¿Puedes dejar de parlotear como un estúpido niñato hijo de papá y...?

—Jennifer —interrumpió el señor Cavilleri—. ¿Podrías ser un poco más amable? Este tío es nuestro invitado.

Durante la cena (los bollos sólo eran la merienda), Phil trató de mantener una conversación seria conmigo acerca de «eso». Por alguna razón pensó que podría propiciar un acercamiento entre los Oliver III y IV.

—Déjame hablarlo por teléfono, de padre a padre —suplicó.

—Por favor, Phil, será una pérdida de tiempo.

—No puedo quedarme aquí sentado y permitir que un padre repudie a su hijo. Es que no puedo.

—Ya. Pero se da la circunstancia de que yo también lo repudio, Phil.

—No quiero volver a oírte hablar así —dijo, sinceramente enojado—. El amor de un padre debe ser apreciado y respetado. Es un bien muy escaso.

—Especialmente en mi familia —dije.

Jenny no paraba de levantarse para servirnos la cena, de modo que se perdió la mayor parte de la conversación.

—Tú llámalo por teléfono —insistió Phil—. Yo me ocuparé del resto.

—No, Phil. Mi padre y yo hemos cortado la comunicación para siempre.

—Paparruchas. Seguro que acaba cediendo. No me cabe la menor duda: al final cederá. Cuando llegue el momento de ir a la iglesia...

En ese momento Jenny, que estaba retirando los platos de postre, dirigió a su padre un portentoso monosílabo.

—Phil...

—¿Sí, Jen?

—Sobre eso de la iglesia...

—¿Sí?

—Pues... me parece que no, Phil.

—¿Cómo? —preguntó el señor Cavilleri. Y entonces, llegando instantáneamente a la conclusión equivocada, se volvió hacia mí—. Yo... esto... no me refería necesariamente a una iglesia católica, Oliver. Quiero decir que..., como Jennifer sin duda te habrá dicho, nosotros somos católicos. Pero... me refería a tu iglesia, Oliver. Dios bendecirá vuestra unión en cualquier iglesia, eso por supuesto.

Miré a Jenny, que obviamente había olvidado mencionar este tema crucial en su conversación telefónica.

—Oliver —me explicó—. Hubiera sido una canallada soltárselo todo de golpe.

—¿De qué se trata? —preguntó el siempre afable señor Cavilleri—. Disparad ya. Quiero que soltéis todo lo que tengáis en mente.

¿Por qué fue justamente en ese preciso momento cuando mis ojos chocaron con la estatuilla de porcelana de la Virgen María, que estaba en un estante del aparador de los Cavilleri?

—Se trata de la cuestión de la bendición de Dios, Phil —dijo Jenny apartando la mirada de él.

—De acuerdo, ¿qué pasa? —preguntó Phil, temiéndose lo peor.

—Hummm... Pues que no, Phil —dijo ella, dirigiéndome una mirada en busca de auxilio, que yo traté de darle con los ojos.

—¿Ninguna iglesia?

Jenny asintió.

—¿Puedo explicarlo, Phil? —pregunté.

—Por favor.

—Ninguno de los dos somos creyentes, Phil. Y no queremos ser hipócritas.

Pienso que lo aceptó porque venía de mí. A Jenny podría haberla abofeteado. Pero ahora él era quien estaba de más, el tercero en discordia. No podía mirarnos a ninguno de los dos.

—Muy bien —dijo después de un largo rato—. ¿Podríais al menos informarme de quién realizará la ceremonia?

—Nosotros mismos —dije.

Miró a su hija en busca de confirmación. Ella asintió. Mi declaración era correcta.

—Muy bien —dijo nuevamente después de otro largo silencio.

Inmediatamente me preguntó, puesto que yo planeaba estudiar Derecho, si esa clase de matrimonio sería —¿cómo decirlo?— legal.

Jenny explicó que la ceremonia que teníamos en mente estaría presidida por el capellán unitario de mi universidad («Ah, un capellán», murmuró Phil), mientras los novios se dirigían la palabra el uno al otro.

—¿La novia también habla? —preguntó, como si de todo lo dicho ése fuera el *coup de grâce*.

—Philip —dijo su hija—, ¿puedes imaginarte alguna situación en la cual yo no meta baza?

—No, nena —contestó tratando de sonreír—. Me imagino que tendrás que decir lo tuyo.

Mientras volvíamos a Cambridge, le pregunté a Jenny cómo le parecía que había resultado todo.

—Muy bien —dijo ella.

10

El señor William F. Thompson, segundo decano de la Facultad de Derecho de Harvard, no daba crédito a sus oídos.

—¿He oído bien, señor Barrett?

—Sí, señor Thompson.

No había sido nada fácil decirlo la primera vez. Y no me resultó más fácil repetirlo.

—Necesito que me den una beca para el próximo año, señor.

—¿De veras?

—Por eso estoy aquí, señor. Usted se ocupa de las ayudas económicas, ¿no es así?

—Sí, pero me parece muy raro. Su padre...

—Él no tiene nada que ver con esto, señor.

—¿Cómo dice? —El decano se quitó las gafas y empezó a limpiarlas con su corbata.

—Entre él y yo se ha producido una especie de ruptura.

El decano se puso otra vez las gafas y me miró con esa especie de expresión inexpresiva que sólo un decano llega a dominar.

—Muy lamentable, señor Barrett —dijo. ¿Para quién?, quise preguntar. El tipo estaba empezando a tocarme las narices.

—Sí —convine—. Muy lamentable. Pero por eso he venido a verle, señor. Me caso el mes que viene. Los dos trabajaremos todo el verano. Luego Jenny, mi esposa, trabajará de profesora en una escuela privada. Así podremos mantenernos, pero no alcanza para pagar mis estudios. La matrícula de la facultad es bastante cara, señor Thompson.

—Hummm... sí —contestó. Pero eso fue todo. ¿Es que ese tipo no captaba el problema? ¿Para qué estaba yo allí, al fin y al cabo?

—Decano Thompson, quiero una beca —solté a bocajarro y por tercera vez—. Estoy sin blanca, y la Facultad de Derecho ya me ha aceptado.

—Oh, sí —dijo el señor Thompson escudándose en un tecnicismo—. Pero la fecha límite para la solicitud de becas ya ha pasado.

¿Qué quería el muy mamón? ¿Los detalles más escabrosos del asunto, quizás? ¿Un escándalo? ¿Qué?

—Decano Thompson, cuando presenté mi solicitud de ingreso no sabía que sucedería esto.

—Lo comprendo, señor Barrett, pero debo decirle que, en mi modesta opinión, nuestra institución no debe inmiscuirse en una disputa familiar. Y mucho menos siendo de naturaleza tan delicada como la que me expone.

—Muy bien, señor —dije poniéndome de pie—. Ya veo adónde quiere llegar usted. Pero no estoy dispuesto a besarle el trasero a mi padre para que usted pueda conseguir un edificio Barrett para la Facultad de Derecho.

Mientras me volvía para irme, oí que el decano Thompson murmuraba:

—Eso no es justo.

No podía estar más de acuerdo.

11

A Jennifer le entregaron el título el miércoles. Todos los parientes de Cranston, Fall River, e incluso una tía de Cleveland, se congregaron en Cambridge para asistir a la ceremonia. Acordamos que no me presentara como su novio, y Jenny no se puso el anillo de prometida: no fuera que alguno se sintiera ofendido (de antemano) por perderse nuestra boda.

—Tía Clara, te presento a mi amigo Oliver —diría Jenny, sin olvidarse de añadir—: Él todavía no se ha licenciado.

Hubo cantidad de codazos, cuchicheos y hasta evidentes especulaciones, pero los parientes no lograron arrancarnos ninguna información... ni a nosotros ni a Phil, quien, me imagino, prefería evitar el tema del amor entre ateos.

El jueves me puse al nivel académico de Jenny al

recibir mi título de Harvard, como el de ella, magna cum laude. Por otra parte, yo era delegado de curso, y como tal debía conducir a los recién titulados a sus asientos. Esto significaba marchar delante incluso de los super-supercerebros. Estuve a punto de decirles a esos tipos que mi presencia como su líder probaba decisivamente mi teoría de que una hora en la Dillon Field House valía por dos en la biblioteca Widener. Pero me contuve. Paz en la tierra en tan jubiloso día.

No tengo ni idea de si Oliver Barrett III se dejó caer por allí. Más de diecisiete mil personas se apiñaban en el Harvard Yard la mañana de la entrega de títulos, y desde luego no me dediqué a escudriñar entre las filas con prismáticos. Obviamente, les había cedido las entradas destinadas a mis padres a Phil y a Jenny. Por supuesto, como ex alumno el Viejo Cara de Piedra podía entrar y sentarse con la promoción de 1926. Pero ¿por qué iba a hacerlo? A fin de cuentas, ese día los bancos estaban abiertos.

La boda se celebró ese domingo. Si no invitamos a toda la parentela de Jenny fue porque pensamos sinceramente que nuestra omisión de Padre, Hijo y Espíritu Santo supondría un mal trago para esos católicos chapados a la antigua. Fue en la Phillips Books House, un viejo edificio en el lado norte del Harvard Yard. Timothy Blauvelt, el capellán unitario de la universidad, presidió la ceremonia. Naturalmente, Ray Stratton estuvo presente, y también invitamos a Jeremy Nahum, un buen amigo de los días de Exeter, que había elegido Amherst en vez de Harvard como alma máter. Jenny invitó a una chica de Buggs Hall y, quizá por razones sentimentales, a su alta y desgarbada colega de la biblioteca. Y, por supuesto, a Phil.

Pedí a Ray Stratton que se encargara de Phil, para que el padre de Jenny no se sintiera desplazado. Y no es que Stratton fuera muy sosegado. La pareja se plantó allí, con aire tremendamente incómodo, el silencio de uno reforzando el prejuicio de otro acerca de que esta «boda-hágalo-usted-mismo» (en palabras de Phil) iba a resultar (en opinión de Stratton) «un horroroso e increíble espectáculo». ¡Y todo porque Jenny y yo nos íbamos a dirigir unas pocas palabras el uno al otro! Lo habíamos visto hacer antes, esa primavera, cuando una de las condiscípulas de Jenny, Marya Randall, se casó con un estudiante de dibujo llamado Eric Levenson. Fue algo muy hermoso, y realmente nos encantó la idea.

—¿Estáis listos? —preguntó el señor Blauvelt.

—Sí —contesté por ambos.

—Amigos —dijo el señor Blauvelt dirigiéndose a los demás—, nos hemos reunido aquí para atestiguar la unión de dos vidas en matrimonio. Escuchemos las palabras que han elegido para esta solemne ocasión.

La novia primero. De pie frente a mí, Jenny recitó

el poema que había seleccionado. Fue muy emotivo, quizás especialmente para mí, porque se trataba de un soneto de Elizabeth Barrett.

Cuando nuestras dos almas se yerguen,
cara a cara, en silencio, acercándose cada vez más,
hasta que las alas tendidas se inflaman...

Por el rabillo del ojo vi a Phil Cavilleri, pálido, boquiabierto, con los ojos llenos de espanto y adoración simultáneos. Escuchamos a Jenny terminar el soneto, que era una especie de plegaria por

Un lugar para permanecer y amar durante un día,
rodeado por la oscuridad y la hora de la muerte.

Después me tocó a mí. Me había resultado difícil encontrar un fragmento de poesía que pudiera leer sin ruborizarme. Bueno, es que me costaba quedarme allí de pie y ponerme a recitar frases almibaradas. No podía. Pero una parte de la *Canción del camino abierto* de Walt Whitman, aunque muy breve, lo decía todo:

¡Te entrego mi mano!
Te entrego mi amor más precioso que el dinero,
te entrego mi propio yo antes que los sermones o las leyes.
Y tú, ¿quieres darte a mí? ¿Quieres hacer el viaje conmigo?
¿Estaremos juntos mientras vivamos?

Cuando terminé se instaló en la sala un silencio maravilloso. Entonces Ray Stratton me alcanzó el anillo, y Jenny y yo —nosotros— recitamos los votos matrimoniales, prometiendo cada uno, desde ese día en adelante, amarnos y respetarnos hasta que la muerte nos separara.

Por la autoridad que le otorgaba el estado de Massachusetts, el señor Timothy Blauvelt nos declaró marido y mujer.

Pensándolo bien, nuestra «fiesta después del partido» (como la llamó Stratton) fue pretenciosamente no pretenciosa. Jenny y yo rechazamos absolutamente el champán de rigor, y como éramos tan pocos que hubiéramos cabido todos en cualquier bar, fuimos a tomar cerveza al Cronin's. Si mal no recuerdo, el dueño en persona nos invitó a una ronda, como un tributo al «mejor jugador de hockey de Harvard desde los hermanos Cleary».

—¡Y un cuerno! —despotricó Phil Cavilleri, golpeando la mesa con el puño—. ¡Él es mejor que todos los Cleary juntos!

Philip no había visto un partido de hockey de Harvard en toda su vida, pero supongo que quiso decir que no importaba lo bien que jugaran Bobby o Billy Cleary, ya que ninguno de los dos se había casado con su encantadora hija. La verdad es que todos estábamos medio borrachos, y aquello fue sólo una excusa para pedir otra ronda.

Dejé que Phil pagara la cuenta, una decisión que más tarde suscitaría uno de los muy escasos elogios de Jenny acerca de mi intuición («pronto serás un ser humano, niñato»). Con todo, al final la cosa se puso tierna, cuando lo acompañamos al autobús. Quiero decir que hubo lagrimitas y todo eso. Por parte de Phil, de Jenny, quizá por mi parte también; no recuerdo nada excepto que el momento fue líquido.

De todos modos, después de toda clase de bendiciones, subió al autobús y nosotros esperamos y lo saludamos hasta que se perdió de vista. Fue entonces cuando la terrible verdad empezó a imponerse.

—Jenny, estamos legalmente casados.

—Sí. Ahora ya puedo portarme como una fresca.

12

Si una sola palabra alcanza a describir nuestra vida cotidiana durante esos tres primeros años, ésa es «escatimar». Día y noche, nuestra única preocupación era cómo reunir suficiente pasta para cualquier cosa que necesitáramos. Generalmente estábamos a dos velas. No hay nada romántico en eso, al contrario. ¿Quién no recuerda la famosa estrofa de Omar Khayam? Me refiero a esa en la que se dice que basta un libro de poesía bajo la rama del árbol, un pedazo de pan, un cántaro de vino y todo eso. Sustitúyase el libro de poesía por «venta a crédito» y se verá cómo la poética visión choca con mi idílica existencia. Paraíso, ¿eh? Y un cuerno. Lo único en lo que podía pensar era en cuánto podía costar el libro (¿podíamos conseguirlo de segunda mano?) y dónde nos fiarían (existía ese lugar) el pan y el vino. Y cómo conseguiríamos la pasta para pagar nuestras deudas.

Esas circunstancias te cambian la vida. Aun la más simple decisión debe ser escudriñada por la siempre vigilante comisión presupuestaria de tu propia mente.

«—Eh, Oliver, vamos a ver una de Becket esta noche.

»—Sólo me quedan tres pavos.

»—¿Qué quieres decir?

»—Pues ni más ni menos que un mísero dólar y medio cada uno.

»—¿Y eso es un sí o un no?

»—Ni una ni otra. Sólo significa tres pavos.»

Nuestra luna de miel transcurrió en un yate y con veintiún niños. Esto es, yo guiaba un Rhodes de treinta y seis pies desde las siete de la mañana hasta que mis pasajeros se cansaran, y Jenny se dedicaba a cuidar a los niños. Era un lugar llamado Club Náutico Pequod, en Dennis Port (no lejos de Hyannis), establecimiento que incluía un gran hotel, un puerto y varias docenas de casas en alquiler. En uno de los bungalós más diminutos yo había clavado una placa imaginaria: «Oliver y Jenny durmieron aquí... cuando no estaban haciendo el amor.» Creo que es un tanto a nuestro favor el hecho de que, después de un largo día de ser amables con nuestros clientes, de cuyas propinas dependíamos en buena medida para nuestros ingresos, Jenny y yo tuviéramos ganas de ser amables el uno con el otro. Y digo simplemente «amables» porque me falta vocabulario para describir cómo es amar a Jenny Cavilleri y ser amado por ella. Perdón, quiero decir Jennifer Barrett.

Antes de partir hacia ese lugar, encontramos un apartamento barato en North Cambridge, aunque la dirección correspondía técnicamente a la ciudad de Somerville y la casa estaba, según la descripción de Jenny, «en estado de ruina». Originalmente había sido una estructura para dos familias, convertida ahora en cuatro apartamentos desmesuradamente caros, a pesar de su «barato» alquiler. Pero ¿qué diablos podían hacer dos estudiantes recién casados? Es la ley de la oferta y la demanda.

—Oye, Ol, ¿por qué crees tú que los bomberos no han declarado ruinoso este lugar? —le preguntó Jenny.

—Probablemente porque tienen miedo de entrar —dije.

—Yo también.

—No lo tuviste en junio —dije.

(Este diálogo tenía lugar después de nuestro regreso, en septiembre.)

—Entonces no estaba casada. Hablando como una mujer casada, considero que este lugar es peligroso a cualquier velocidad.

—¿Y qué piensas hacer?

—Hablar con mi marido —dijo—. Él se ocupará de todo.

—Eh, que tu marido soy yo.

—¿De veras? Tendrás que demostrarlo.

—¿Cómo? —pregunté, al tiempo que pensaba: «¡Espero que no quiera que en la calle...!»

—Llévame en brazos para cruzar el umbral —dijo.

—No creerás esas bobadas, ¿no?

—Tú llévame, que yo ya decidiré luego.

Bueno. La tomé en brazos y subí los cinco escalones hasta el porche.

—¿Por qué te paras? —preguntó.

—¿No es éste el umbral?

—Frío, frío, frío... —dijo.

—Pues aquí, junto al timbre, veo nuestro nombre.

—Nanay, éste no es nuestro umbral. ¡Arriba, tonto!

Había veinticuatro escalones hasta nuestro hogar «oficial», y tuve que detenerme a la mitad para recuperar el aliento.

—¿Por qué pesas tanto? —le pregunté.

—¿No se te ha ocurrido que podría estar embarazada? —contestó.

De pronto se esfumó todo mi cansancio.

—¿Lo estás?

—¡Qué susto! ¿Eh?

—Qué va.

—A mí no me engañas, niñato.

—Vale. Por un segundo me lo he tragado.

La llevé en brazos hasta arriba.

Aquél fue uno de los escasos y preciosos momentos que puedo recordar en los cuales el verbo «escatimar» no tuvo absolutamente ninguna importancia.

Mi ilustre apellido nos permitió abrir una cuenta en la tienda, que de otra manera hubiese negado crédito a unos estudiantes. Pero ese mismo apellido nos perjudicó en el lugar donde menos lo hubiera esperado: la escuela Shady Lane, donde Jenny iba a trabajar.

—Por supuesto, Shady Lane no puede igualar los salarios de las escuelas públicas —dijo a mi mujer la directora, la señorita Anne Miller Whitman, agregando algo así como que de todos modos a los Barrett no les importaría ese detalle.

Jenny trató de deshacer el malentendido, pero todo lo que pudo obtener sobre los tres mil quinientos dólares al año que ya le había ofrecido la directora fueron dos minutos de ja ja ja. La señorita Whitman consideró que Jenny era muy ingeniosa en sus observaciones acerca de que los Barrett tenían que pagar el alquiler como cualquier hijo de vecino.

Cuando Jenny me contó lo sucedido, planteé unas imaginativas sugerencias acerca de lo que la señorita Whitman podía hacer —ja ja ja— con sus tres mil quinientos dólares. Pero entonces Jenny me preguntó si estaría dispuesto a dejar la Facultad de Derecho y mantenerla a ella mientras se sacaba el título necesario para enseñar en una escuela pública. Focalicé toda mi capacidad reflexiva en el asunto durante dos segundos y llegué a una conclusión exacta y sucinta:

—Mierda.

—Muy elocuente —dijo mi mujer.

—¿Qué debería decir, Jenny? ¿Ja ja ja?

—No. Debes conseguir que te gusten los espaguetis.

Y lo hice. Logré que me gustaran los espaguetis, y Jenny aprendió a su vez toda receta concebible para que la pasta pareciera otra cosa. Con nuestras ganancias del verano, su sueldo, el anticipo de mi futuro trabajo nocturno en Correos durante Navidad, íbamos tirando. Bueno, nos perdimos muchas películas (y ella muchos conciertos), pero nos arreglábamos con lo que teníamos.

Desde luego, eso tuvo una consecuencia directa, y es que en lo social nuestras vidas cambiaron drásticamente. Estábamos aún en Cambridge, y en teoría Jenny podía haber permanecido con su grupo de música. Pero no tenía tiempo para ello. Volvía a casa de la escuela exhausta, y aún tenía que preparar la cena (comer fuera quedaba fuera de nuestras posibilidades). Mientras tanto, mis amigos eran lo bastante considerados como para dejarnos solos. Es decir: no nos invitaban para que no tuviéramos que corresponder, es de entender.

Hasta prescindíamos de los partidos de fútbol.

Como miembro del Varsity Club, yo tenía derecho a un asiento en la tribuna de la línea media. Pero la entrada costaba seis dólares, lo que sumaba un total de doce.

—Que no —protestaba Jenny—. Son seis dólares. Puedes ir sin mí. Yo no entiendo ni papa de fútbol, salvo que la gente grita «a por ellos», y eso es lo que a ti te gusta. ¡Que quiero que vayas, hombre!

—Ni hablar —respondía yo, que al fin y al cabo era el marido y el cabeza de familia—. Además, más vale que dedique ese tiempo a estudiar.

No obstante, me pasaba los sábados por la tarde con una radio pegada a la oreja, escuchando el bramido de los hinchas, quienes para mí, pese a su proximidad geográfica, se encontraban ya en otro mundo.

Hice uso de mis privilegios del Varsity Club para comprarle unas entradas a Robbie Wald, un compañero de la facultad, para el partido contra Yale. Cuando Robbie se marchó de nuestro apartamento, entre muestras de agradecimiento, Jenny preguntó si le podía explicar una vez más quién tenía derecho a un asiento en la tribuna del Varsity Club, y una vez más le expliqué que todos aquellos que, independientemente de su edad, estatura o posición social, hubieran servido noblemente a Harvard en los campos de deporte.

—¿En el agua también? —preguntó ella.

—Un campeón es un campeón —contesté—, esté seco o mojado.

—Excepto tú, Oliver —dijo—. Tú estás congelado.

Dejé el tema, dando por supuesto que su respuesta obedecía simplemente a uno de sus juegos de palabras, porque prefería no pensar que podía haber algo más en su pregunta referente a las tradiciones atléticas de la Universidad de Harvard. Como por ejemplo la sutil sugerencia de que si el Soldiers Field tenía capacidad para 45.000 espectadores, todos los atletas anteriores se sentarían en aquella sección de la tribuna preferente. Todos. Viejos y jóvenes. Mojados, secos... e incluso congelados. ¿Y eran solamente seis dólares los que me habían alejado del estadio esos sábados por la tarde?

No; si ella tenía algo más en mente, mejor sería no hablar de ello.

13

El señor Oliver Barrett III y señora
requieren su grata compañía
en la cena que para celebrar el 60.º aniversario
del señor Barrett
tendrá lugar el sábado 6 de marzo
a las 19 horas
Dover House, Ipswich, Massachusetts
R. S. V. P.

—¿Y bien? —preguntó Jenny.

—¿Todavía me lo preguntas? —repliqué. Estaba resumiendo *El Estado contra Percival*, un crucial precedente en Derecho Penal, y Jenny no paraba de agitar la invitación ante mí para incordiarme.

—Creo que ya es hora, Oliver —dijo.

—¿De qué?

—Ya lo sabes —contestó—. ¿Qué quieres, que venga a pedírtelo de rodillas?

Seguí a lo mío mientras ella trataba de convencerme.

—¡Ollie, él ha dado el primer paso!

—Chorradas. La letra del sobre es de mi madre.

—¡Ah! ¿No decías que ni siquiera lo habías visto? —dijo casi gritando.

De acuerdo, reconozco que le había echado un vistazo. Tal vez se me había olvidado. No es de extrañar, porque estaba más que concentrado en el dichoso caso Percival y al borde de la temporada de exámenes. La cosa era que terminara con su perorata.

—¡Ollie, piensa un poco! —dijo en un tono casi de súplica—. ¡Sesenta años, hombre! ¿Qué pasará si él ya no está aquí cuando tú finalmente decidas reconciliarte?

Informé a Jenny en los términos más simples de que nunca habría reconciliación y le rogué que, por favor, me dejara continuar estudiando. Se sentó en silencio en una esquina de la banqueta donde yo tenía apoyados los pies. Aunque no hacía ningún ruido, enseguida me di cuenta de que me estaba mirando con mucha intensidad. Levanté la vista.

—Algún día —dijo—, cuando Oliver V te moleste a ti...

—¡No se llamará Oliver, de eso puedes estar segura! —le respondí.

Ella no alzó la voz, aunque generalmente lo hacía si yo también subía el tono.

—Escucha, Ol, aunque lo llamemos Bozo el Payaso, ese chico va a estar resentido porque tú fuiste un gran atleta de Harvard. ¡Y para la época en que esté en primero, tú habrás llegado probablemente al Tribunal Supremo!

Cuando le aseguré que nuestro hijo nunca estaría resentido conmigo, ella me preguntó cómo estaba tan seguro. Yo no pude demostrárselo. La cuestión es que yo sabía que mi hijo no estaría resentido conmigo, pero no era capaz de explicar por qué. En un absoluto *non sequitur*, Jenny hizo notar después:

—Tu padre también te quiere, Oliver. De la misma manera que tú vas a querer a Bozo. Pero los Barrett sois tan asquerosamente orgullosos y competitivos, que iréis por la vida pensando que os odiáis mutuamente.

—Menos mal que te tenemos a ti —dije irónicamente.

—Sí —dijo ella.

—Caso cerrado —dije, pues a fin de cuentas era el marido y cabeza de familia. Mis ojos retornaron a *El Estado contra Percival*, y Jenny se levantó. Pero entonces recordó.

—Todavía queda el asunto del RSVP.

Di por descontado que una graduada en música de Radcliffe, probablemente sería capaz de componer una pequeña negativa para el RSVP sin una guía profesional especializada.

—Escucha, Oliver —dijo—. Es posible que alguna vez en mi vida haya mentido o hecho trampas, pero te aseguro que nunca he herido deliberadamente a nadie. No creo que pueda.

La verdad es que en ese momento el único al que estaba hiriendo era a mí, de modo que le pedí educadamente que solucionara lo del RSVP de la manera que quisiera, siempre y cuando la esencia del mensaje fuera que nosotros no pensábamos ir ni aunque se congelara el infierno. Volví una vez más a mis apuntes.

—¿Me das el número? —me pidió muy suavemente. Estaba junto al teléfono.

—¿No puedes mandar una notita?

—Te advierto que estoy al límite. ¿Me das el número?

Se lo dije e inmediatamente me concentré en la apelación de Percival al Tribunal Supremo. No escuchaba a Jenny. Es decir, trataba de no hacerlo. Pero, claro, estaba en la misma habitación.

—Oh... Buenas noches, señor Barrett —oí que decía.

¿El Cabronazo contestaba el teléfono? ¿No estaba en Washington durante la semana? Al menos eso decía una noticia reciente en el *New York Times*. El periodismo ya no era lo que había sido.

¿Cuánto llevaría decir que no? De alguna manera

Jennifer había empleado más tiempo del que uno consideraría necesario para pronunciar esas simples palabras.

—¿Ollie?

Estaba tapando el auricular con la mano.

—Ollie, ¿seguro que no?

El movimiento de mi cabeza indicó que así era, y el movimiento de mi mano indicó que se diera prisa.

—Lo siento muchísimo —dijo ella al teléfono—. Quiero decir, lo sentimos muchísimo...

¡Lo sentimos! ¿Por qué tenía que mezclarme en todo eso? ¿Y por qué tardaba tanto en colgar?

—¡Oliver!

Había puesto la mano nuevamente sobre el auricular y estaba hablando muy fuerte.

—¡Está decepcionado, Oliver! ¿Cómo puedes quedarte ahí sentado mientras tu padre está tan triste?

Si ella no hubiera estado en semejante momento emocional, podría haberle explicado una vez más que las piedras no se ponen tristes, y pedirle que no proyectara su equivocado concepto italomediterráneo acerca del amor paternofilial hacia las escarpadas alturas del monte Rushmore. Pero estaba muy afectada. Y la situación me estaba afectando a mí también.

—Oliver —suplicó—. ¿No podrías decirle sólo una palabra?

¿A él? Jenny no sabía lo que me estaba pidiendo.

—Venga... aunque sólo sea «hola».

Me estaba ofreciendo el teléfono. Y tratando de no llorar.

—No pienso dirigirle la palabra. Nunca más —dije con perfecta calma.

Jenny se puso a llorar. No sollozaba, pero las lágrimas le caían por las mejillas. Y después... llegó a suplicarme.

—Hazlo por mí, Oliver. Nunca te he pedido nada. Por favor.

Nosotros tres. Nosotros tres de pie (de alguna manera imaginaba a mi padre allí presente), y esperando algo. ¿Qué? ¿A mí?

No podía hacerlo.

¿No entendía Jenny que me estaba pidiendo lo imposible? ¿Que yo haría cualquier otra cosa que quisiera, menos eso? Mientras miraba el suelo, sacudiendo la cabeza en una dura negativa, en un momento de extrema incomodidad, Jenny se dirigió a mí con una especie de furia controlada que nunca le había oído:

—No tienes corazón —me recriminó, y entonces terminó su conversación con mi padre—: Señor Barrett, Oliver desea que usted sepa que, a su manera...

Hizo una pausa para respirar. Había estado llorando, de modo que no le resultaba nada fácil. Yo estaba tan asombrado que no podía hacer nada más que esperar el final de mi pretendido «mensaje».

—Oliver lo quiere mucho —dijo y colgó rápidamente.

No hay una explicación racional para mis acciones en la siguiente décima de segundo. Alego enajenación transitoria. Corrijo: no alego nada. Que nunca me perdonen por lo que hice.

Le quité el teléfono de la mano, lo arranqué del enchufe, y lo arrojé al otro lado de la habitación.

—¡Maldita sea, Jenny! ¿Quién te ha pedido que te metas en mi vida?

Me quedé allí plantado, jadeando como el animal en el que me había convertido. ¡Pero bueno! ¿Qué diablos me había pasado? Me volví para mirar a Jen.

Pero ella se había ido.

Quiero decir que se había ido de la casa, porque ni siquiera oí sus pasos en la escalera. ¡Por Dios! Seguramente se había marchado en el instante en que agarré el teléfono. Su abrigo y su bufanda aún estaban allí. El dolor por encontrarme sin saber qué hacer sólo fue superado por el de saber lo que había hecho.

La busqué por todas partes.

En la biblioteca de la Facultad de Derecho, aceché entre las filas de estudiantes empollones, mirando una y otra vez. Ida y vuelta, al menos media docena de veces. Aunque no pronunciaba palabra, sabía que mi mirada era tan intensa y mi expresión tan feroz, que estaba perturbando todo aquel lugar. ¿A quién le importa?

Pero Jenny no estaba allí.

Después me pasé por Harkness Commons, la sala de estar, la cafetería. Luego fui corriendo a Radcliffe para mirar los alrededores del Agassiz Hall. Pero nada. Corría sin parar, como si mis piernas trataran de seguir el ritmo de los latidos de mi corazón.

¿Paine Hall? Allí están las habitaciones para practicar piano. Conozco a Jenny: cuando está enfadada se pone a machacar como una loca el teclado, ¿no? Pero ¿qué hacía cuando estaba muerta de miedo?

Es cosa de locos andar por el pasillo, entre las salas de práctica de cada lado. Los sonidos de Mozart y Bartok, Bach y Brahms se filtraban a través de las puertas mezclándose para formar una extraña melodía infernal.

¡Jenny tenía que estar allí!

Me detuve por instinto ante una puerta en la que oí el insistente (¿furioso?) sonido de un preludio de Chopin. Esperé un segundo. La interpretación era pésima: paradas y arranques y muchos errores. En una pausa oí una voz femenina que murmuraba: ¡mierda! Tenía que ser Jenny. Abrí la puerta de repente.

Una alumna de Radcliffe estaba sentada al piano. Levantó la vista. Una horrible y hombruna chica hippie de Radcliffe, molesta por mi intromisión.

—¿Qué pasa? —preguntó.

—Nada, nada —contesté, cerrando la puerta otra vez.

Después recorrí Harvard Square. El Café Pamplona, Tommy's Arcade, incluso el Hayes Bick, reducto de artistas. Nada.

¿Dónde podía haber ido Jenny?

A esa hora el metro ya estaba cerrado, pero si había ido directamente al Square habría podido tomar el tren hacia Boston. A la terminal de autobuses.

Era casi la una de la madrugada cuando deposité cuarenta y cinco centavos de dólar en la ranura. Estaba en una cabina telefónica, al lado de los quioscos de Harvard Square.

—Hola. ¿Phil?

—¿Eh? —dijo medio dormido—. ¿Quién habla?

—Soy yo, Oliver.

—¡Oliver! —Parecía asustado—. ¿Le pasa algo a mi hija? —preguntó rápidamente. Si me lo preguntaba, ¿no significaba que Jenny no estaba con él?

—Oh... no, Phil, no le pasa nada.

—Gracias a Dios. ¿Cómo estás, Oliver?

Una vez tranquilizado con respecto a la salud de su hija, volvía a mostrarse tan cordial como siempre. Como si no lo hubiera arrancado de las profundidades del sueño.

—Bien, Phil, estoy estupendamente. Bien. Oye, Phil, ¿has sabido algo de Jenny?

—No lo suficiente, desde luego —contestó con una voz extrañamente serena.

—¿Qué quieres decir?

—Pues que debería llamar más a menudo, hombre. ¡Que no soy el vecino de al lado!

Si uno puede sentirse aliviado y con pánico al mismo tiempo, así me sentía yo.

—¿Está ella ahí contigo? —me preguntó.

—¿Qué?

—Dile que se ponga, que voy a gritarle directamente a ella.

—No puedo, Phil.

—Oh... ¿está dormida? Si está dormida, no la molestes.

—Sí —dije.

—Escúchame bien, mala persona —dijo.

—¡Sí, señor!

—¿Tan lejos está Cranston que no podéis venir un domingo por la tarde? ¿Eh? Si no, te advierto que iré yo, Oliver.

—Hummm... No, Phil. Iremos nosotros.

—¿Cuándo?

—Algún domingo.

—No me vengas con ese cuento de «algún». Un buen hijo no dice «algún», dice «este». Este domingo, Oliver.

—Sí, señor. Este domingo.

—A las cuatro en punto. Pero conduce con cuidado. ¿De acuerdo?

—De acuerdo.

—Y la próxima vez llama a cobro revertido, tonto.

Y colgó.

Yo estaba allí de pie, perdido en esa isla en la oscuridad que es Harvard Square, sin saber adónde ir o qué hacer. Un chico de color se acercó y me preguntó si necesitaba droga. Le contesté como ausente: «No, muchas gracias.»

Ahora ya no corría: ¿qué prisa podía tener en volver a una casa vacía? Era muy tarde y me sentía entumecido, más de miedo que de frío (aunque no hacía nada de calor, desde luego). Desde varios metros de distancia me pareció distinguir que había alguien sentado en los escalones de la entrada. Tenía que ser un engaño de mis ojos, porque la figura estaba inmóvil.

Pero era Jenny.

Estaba sentada en el escalón más alto.

Yo estaba demasiado cansado para sentir pánico, demasiado aliviado para hablar. Interiormente esperé que ella tuviera algún instrumento contundente con que golpearme.

—¿Jen?

—¿Ollie?

Ambos hablábamos tan bajito que nuestras voces sonaban inexpresivas.

—Se me ha olvidado la llave —dijo Jenny.

Yo me quedé allí, al pie de los escalones, temeroso de preguntar durante cuánto tiempo había estado allí sentada, plenamente consciente del daño que le había hecho.

—Jenny, lo siento...

—¡Basta! —Ella cortó bruscamente mis disculpas, y luego dijo muy serenamente—: El amor significa no tener que decir nunca «lo siento».

Subí las escaleras hasta donde ella estaba sentada.

—Me gustaría ir a dormir. ¿Vale?

—Vale.

Subimos a nuestro apartamento. Mientras nos desvestíamos, me miró para tranquilizarme.

—Realmente he querido decir lo que he dicho, Oliver.

Y eso fue todo.

14

Fue en julio cuando llegó la carta.

Había sido enviada desde Cambridge hasta Dennis Port, de modo que creo que tuve la noticia un día o dos más tarde.

Salí corriendo hacia donde Jenny vigilaba a sus niños, en un partido de kickball (o algo así), y al llegar dije en mi mejor estilo Bogart:

—Vamos.

—¿Qué?

—Vamos —repetí, y con tal obvia autoridad que ella empezó a seguirme mientras yo andaba hacia el agua.

—¿Qué pasa, Oliver? ¿Me lo dices, por el amor de Dios?

Yo continué dando grandes zancadas hacia el embarcadero.

—Al bote, Jennifer —ordené, señalándolo con la

misma mano en que llevaba la carta, en la que ella ni siquiera se había fijado.

—Oliver, tengo que vigilar a los niños —protestó, mientras subía obedientemente a bordo.

—Oliver, cretino, ¿me vas a explicar qué pasa?

Ahora estábamos a unos pocos centenares de metros de la playa.

—Tengo que contarte una cosa—dije.

—¿Y no podías decírmelo en tierra firme? —gritó.

—¡Es evidente que no! —le grité a mi vez (ninguno de los dos estaba enfadado, pero había mucho viento y teníamos que gritar para hacernos oír).

—Quería estar a solas contigo. Mira lo que tengo aquí.

Agité el sobre delante de ella. Inmediatamente reconoció el membrete.

—¡Ah! ¡De la Facultad de Derecho! ¿Te han expulsado?

—Prueba de nuevo, aguafiestas.

—¡Has sido el primero de la clase! —conjeturó.

—No tanto. El tercero.

—Oh —dijo—. ¿Sólo el tercero?

—Escucha... ¡Eso significa que aún puedo hacer la dichosa *Revista de Derecho*! —grité.

Ella se sentó con una expresión absolutamente inexpresiva.

—¡Por Dios, Jenny! —gemí—. ¡Di algo!

—No hasta que sepa quiénes han sido el primero y el segundo —dijo.

La miré, esperando que estallara en la sonrisa que yo sabía estaba conteniendo.

—Vamos, Jenny —le rogué.

—Me voy. Adiós —dijo, y se tiró inmediatamente al agua. Me zambullí justo detrás de ella y lo siguiente que recuerdo es que estábamos los dos colgados del costado del bote, muertos de risa.

—Eh —dije en una de mis más ingeniosas observaciones—, te has tirado al agua por mí.

—No seas tan gallito —contestó—. Tercero es, a pesar de todo... solamente tercero.

—Escucha, mala bruja —dije.

—Qué quieres que escuche, desgraciado.

—Te debo un montón a ti —dije sinceramente.

—No, señor, eso no es verdad —respondió.

—Ah, ¿no? —inquirí, en cierto modo sorprendido.

—Me lo debes todo —dijo.

Esa noche nos cepillamos veintitrés dólares en una cena con langosta, en un restaurante de lujo de Yarmouth. Jenny todavía se reservaba su juicio, hasta que pudiera examinar a los dos caballeros que me habían, según ella declaraba, «derrotado».

Por estúpido que parezca, yo estaba tan enamorado de ella que, cuando volvimos a Cambridge, lo primero que hice fue averiguar quiénes eran los dos que me habían superado. Me sentí aliviado al descubrir que el primero, Edwin Blasband, City College 1964, era un empollón, gafotas, nada atlético y en absoluto el tipo de Jenny; y en cuanto al número dos... era una chica, Bella Landau, Bryn Mawr 1964. Todo había resultado de perlas, especialmente en lo que respecta a Bella Landau, que era más bien mona (como ocurre con las estudiantes de Derecho), así que yo no podía contar detalladamente a Jenny lo que pasaba a altas horas de la noche en Gannett House, el edificio de la *Revista de Derecho*. ¡Y anda que no hubo noches larguísimas! No era raro que volviera a casa a las dos o las tres de la madrugada. Quiero decir: seis clases, más editar la *Revista de Derecho*, más el hecho de ser virtualmente el autor de uno de los números («Asistencia Legal para el pobre urbano: un estudio del distrito Roxbury de Boston», por Oliver Barrett IV, *HLR*, marzo 1966, págs. 861-908).

—Un artículo excelente. Sin duda un artículo excelente.

Eso era todo lo que Joel Fleishman, el editor senior, podía repetir una y otra vez. Francamente, había esperado un cumplido más razonado, del tipo que al año siguiente trabajaría para el juez Douglas, pero eso era todo lo que seguía diciendo mientras examinaba mi esquema final. A ver, Jenny me había dicho que era «incisivo, inteligente y realmente bien escrito». ¿Podría Fleishman igualar eso?

—Fleishman ha dicho que es un artículo excelente, Jen.

—¡No me jorobes! ¿Te he esperado despierta hasta tan tarde sólo para oír eso? —protestó—. ¿No ha comentado tu investigación, o tu estilo, o algo?

—No, Jen. Sólo lo calificó de «excelente».

—Entonces, ¿por qué has tardado tanto?

Le hice un pequeño guiño.

—Tenía algún material que revisar con Bella Landau —dije.

—Ah, ¿sí?

No capté del todo el tono.

—¿Estás celosa? —le pregunté directamente.

—No; tengo las piernas mucho más bonitas —me dijo.

—¿Sabrías tú presentar una demanda?

—Y ella, ¿sabría hacer lasaña?

—Sí —contesté—. En realidad, esta noche ha traído una bandeja a Gannet House. Todo el mundo ha dicho que estaba tan rica como tus piernas.

Jenny meneó la cabeza.

—No me extrañaría nada.

—¿Qué dices a eso? —pregunté.

—¿Paga Bella Landau tu alquiler?

—Pero qué mezquina eres —repliqué—. ¿Por qué

no puedo ganar alguna vez, cuando parece que voy con ventaja?

—Porque, niñato mío —dijo mi adorable esposa—, la ventaja siempre la llevo yo.

15

Terminamos en ese orden.

Quiero decir que Erwin, Bella y yo quedamos los tres primeros de nuestra promoción. El momento del triunfo estaba a la vuelta de la esquina. Entrevistas de trabajo. Ofertas. Conversaciones. Por todas partes parecía haber alguien a mi lado agitando una bandera que decía: «¡Trabaja para nosotros, Barrett!»

Pero yo seguía solamente las banderas verdes. Quiero decir que, sin llegar a mostrarme despectivo, descarté las alternativas de prestigio, como trabajar para un magistrado; y las alternativas de servicio público, como el Departamento de Justicia, en favor de un trabajo lucrativo que eliminara de una vez por todas de nuestro vocabulario la desagradable palabra «escatimar».

Siendo el tercero, tenía además una inestimable

ventaja para competir por los mejores puestos. Era el único tipo entre los mejores que no era judío (y los que dicen que eso no importa es que están pringados hasta el cuello). Por Dios, si hay docenas de bufetes que besarían el culo de un aristócrata que simplemente tuviera el título. Considérese, pues, el caso de su seguro servidor: *Revista de Derecho*, jugador más valioso de la Ivy League, Harvard y todo lo consabido. Había auténticas peleas para captar mi apellido y ponerlo en su nómina. Me sentía afortunado y disfrutaba cada minuto de ello.

Hubo una oferta especialmente intrigante de un bufete de Los Ángeles. El empleador, señor ....
(Omito su nombre, ¿por qué arriesgarse a un pleito?), insistía diciéndome:

«Barrett, muchacho, en nuestro territorio siempre lo conseguimos. Día y noche. ¡Te aseguro que aquí nos lo podemos hacer mandar a la oficina!»

No era que estuviésemos interesados en California, pero me hubiera gustado saber a qué se refería el señor .... A Jenny y a mí se nos ocurrieron algunas disparatadas posibilidades, pero para el baremo de Los Ángeles posiblemente no fueran lo suficientemente disparatadas. (Al final conseguí quitarme de encima al señor .... diciéndole que realmente «eso» no me importaba en absoluto. Se quedó con el rabo entre las piernas.)

De hecho habíamos resuelto permanecer en la Costa Este. Como se vio, aún teníamos docenas de fantásticas ofertas de Boston, Nueva York y Washington. En cierto momento Jenny pensó que Washington sería bueno («Así ves si te gusta la Casa Blanca, Ol»), pero yo prefería Nueva York. Y así, con la bendición de mi mujer, finalmente di el sí al prestigioso bufete Jonas y Marsh (este último fue antes procurador general), orientado hacia las libertades civiles. («Puedes obrar bien y hacer el bien al mismo tiempo», dijo Jenny.) Por otra parte, esos tipos me deslumbraron. Quiero decir, que el viejo Jonas vino a Boston, nos invitó a comer al Pier Four y al día siguiente mandó flores a Jenny.

Mi mujer anduvo una semana cantando una especie de cancioncilla que decía: «Jonas, Marsh y Barrett.» Le dije que no fuera tan rápido, y ella me mandó a la porra, porque yo probablemente cantaba la misma tonada en mi cabeza. Es evidente que tenía razón.

Quisiera mencionar, por último, que Jonas y Marsh pagaban a Oliver Barrett IV 11.800 dólares, el sueldo más alto percibido por cualquier miembro de mi promoción.

Lo que yo decía: quedé el tercero, pero sólo académicamente.

16

CAMBIO DE DIRECCIÓN

Desde el 1 de julio de 1967
Oliver Barrett IV y señora
se trasladan al 263 de la calle 63 Este
Nueva York, N. Y. 10021

—Queda demasiado de *nouveau riche* —se quejó Jenny.

—Pero es que nosotros somos *nouveaux riches* —insistí.

Para mi total euforia resultaba que la cuota mensual del coche ascendía casi a lo mismo que costaba el alquiler del apartamento de Cambridge. El bufete quedaba a unos escasos diez minutos andando (o pavoneándome, más bien), y a la misma distancia había bonitas tiendas como Bonwit's, por ejemplo, donde insistí a mi mujer, la arpía, para que abriera cuenta y empezara a gastar inmediatamente.

«—¿Por qué, Oliver?

»—¡Pues porque hay que aprovechar el tirón!»

Me asocié al Harvard Club de Nueva York, propuesto por Raymond Stratton, 1964, recién incorporado a la vida civil después de haber abatido algún vietcong («No estoy muy seguro de si eran vietcong realmente, así que abrí fuego hacia los arbustos», me dijo). Ray y yo jugábamos al squash al menos tres veces por semana, y por mi parte hice una anotación mental: darme un plazo de tres años para ser campeón del club. No sé si fue por mi vuelta a la escena de Harvard, o porque los rumores sobre mis éxitos en la Facultad de Derecho andaban circulando por ahí (aunque nunca me jactaba de mi sueldo, en serio), pero la cuestión es que mis amigos me «redescubrieron». Nos habíamos mudado en pleno verano (yo tenía que hacer un curso acelerado para el examen de los tribunales), y las primeras invitaciones fueron para fines de semana.

—Mándalos a la porra, Oliver. Yo no quiero desperdiciar dos días hablando de bobadas con un grupito de aburridos hijos de papá.

—De acuerdo, pero ¿qué les digo?

—Que estoy embarazada.

—¿Lo estás? —pregunté.

—No, pero si nos quedamos en casa este fin de semana a lo mejor acaba siendo verdad.

Ya teníamos elegido el nombre. O, para ser más exactos, yo lo había elegido, y pienso que conseguí que Jenny lo aceptara finalmente.

—Escucha una cosa, y no te rías, ¿eh? —le dije la primera vez que saqué el tema. En ese momento ella estaba en la cocina (una coqueta habitación amarillo pálido donde no faltaba de nada, ni lavaplatos).

—¿Qué? —preguntó sin dejar de cortar rodajas de tomate.

—Pues que me gusta Bozo como nombre —solté.

—¿Lo dices en serio? —preguntó.

—Sí. De verdad que me gusta.

—¿Llamarías Bozo a nuestro hijo?

—Sí, de verdad. Suena a campeón.

—Bozo Barrett —ensayó ella para juzgar.

—¡No veas, va a ser todo un machote! —continué, convenciéndome cada vez más—. Bozo Barrett, el mejor delantero de la Ivy League.

—Muy bien...

—Pero, Oliver —dijo ella—, ¿qué pasaría si no llegara a clasificarse.

—Imposible, Jen. La genética manda. Ya verás.

Lo decía sinceramente. El tema de Bozo se convirtió en una de mis fantasías más frecuentes mientras andaba pavoneándome hacia el trabajo.

Seguí con la cuestión durante la cena. Habíamos comprado una vajilla de porcelana danesa.

—Bozo será todo un tiarrón que se clasificará bien

enseguida —le dije a Jenny—. De hecho, si hereda tus manos, podemos ponerlo de defensa.

Ella se contentó con sonreír burlonamente, buscando sin duda algún fallo en mi idílica visión. Pero a falta de alguna objeción de peso, se limitó a cortar la tarta y me dio un pedazo. Y siguió escuchándome.

—Ya verás, Jenny —continué, con la boca llena—. Más de cien kilos de pura energía.

—¿Más de cien kilos? —objetó—. Pues yo diría que nuestros genes no apuntan a un retoño de cien kilos, Oliver.

—Lo alimentaremos bien. Proteínas, nutrición, todos los suplementos de dieta.

—Estupendo. ¿Y si no quiere comer?

—¡Ya te digo yo que comerá! —respondí, un poco harto de ese chico que de pronto estaría sentado a nuestra mesa, negándose a cooperar con mis planes para sus triunfos atléticos—. Si no come se llevará una buena tunda.

En ese punto, Jenny me miró a los ojos y sonrió.

—Claro que si pesa más de cien kilos no podrás con él.

—Vaya —contesté, momentáneamente acorralado, pero enseguida reaccioné—. Bueno, seguro que al principio no pesará tanto.

—Sí, sí... —dijo Jenny, sacudiendo una cuchara hacia mí en un gesto admonitorio—. Pero cuando crezca, niñato mío, ya puedes empezar a correr. —Y se echó a reír a carcajadas.

Lo cómico del caso es que mientras ella se estaba riendo, yo tuve la visión de ese bebé de cien kilos, en pañales, persiguiéndome por Central Park y gritando: «¡Sé más bueno con mamá, niñato!» Joder, espero que Jenny no permita que Bozo me aplaste.

17

Lo de hacer un bebé no es tan fácil como parece.

Sin duda resulta irónico que muchos se pasen los primeros años de su vida sexual preocupados por no dejar embarazadas a las chicas (y cuando yo empecé se usaban preservativos), y que luego lleguen a obsesionarse con tener descendencia.

Sí, puede llegar a convertirse en una obsesión. Y puede despojar de toda naturalidad y espontaneidad los más gloriosos aspectos de una vida matrimonial feliz. Esto significa que programar tu pensamiento (verbo infortunado, «programar», sugiere una máquina), programar tu pensamiento sobre el acto de amor de acuerdo con reglas, calendarios, estrategias («¿No sería mejor mañana por la mañana, Ol?»), puede llegar a ser una fuente de incomodidad, de disgusto y por último, de terror.

Cuando uno ve que sus conocimientos de profano en la materia y (se supone) los normales y saludables esfuerzos no tienen éxito en la cuestión del «creced y multiplicaos», los más horribles pensamientos acuden a la mente.

—Como bien sabrás, Oliver, la esterilidad no tiene nada que ver con la virilidad. —Así me habló el doctor Mortimer Sheppard durante la primera entrevista, cuando Jenny y yo finalmente decidimos que necesitábamos una consulta especializada.

—Claro que lo sabe, doctor —dijo Jenny, plenamente consciente de que, pese a no habérselo mencionado nunca, la idea de ser estéril me torturaba. De hecho, incluso su tono de voz sugería que, si aparecía algún problema, éste fuera por su parte.

Pero el doctor sólo había querido ponernos en lo peor antes de continuar explicando que de momento no existía impedimento alguno para que muy pronto fuéramos los orgullosos padres de un sanísimo bebé. Por supuesto, los dos tendríamos que someternos a una serie de análisis. Exámenes físicos completos. En fin, todo el asunto. (No quiero repetir aquí los desagradables detalles de semejante estudio.)

Nos hicimos los análisis un lunes. Jenny durante el día, yo después del trabajo (estaba fantásticamente inmerso en el mundo legal). El doctor Sheppard llamó a Jenny otra vez el viernes, explicándole que su enfermera había cometido un error y que necesitaba una revisión de algunos pormenores. Cuando Jenny me contó lo de la nueva visita, empecé a sospechar que quizás habían detectado algún problema por su parte, y creo que ella se figuraba lo mismo. La excusa de la metedura de pata de la enfermera es bastante trillada.

Cuando el doctor Sheppard me telefoneó a Jonas y Marsh, ya estaba casi seguro. ¿Podría, por favor, pasar por su consultorio al volver a casa? Cuando supe que me esperaba a mí solo («Ya he hablado con la señora Barrett»), mi sospecha se confirmó. Jenny no podía tener niños. Sin embargo no lo digas tan categóricamente, Oliver; recuerda que Sheppard mencionó que había remedios, cirugía correctiva y demás. Pero como no podía concentrarme en nada, me pareció tonto esperar hasta las cinco en punto. Llamé a Sheppard y le pregunté si podía atenderme un poco antes. Dijo que sí.

—¿Sabe usted de quién es la culpa? —le pregunté sin medir las palabras.

—Bueno... en realidad no puede hablarse de culpa, Oliver —contestó.

—Muy bien, pues ¿sabe usted de cuál de los dos es el problema?

—Sí. De Jenny.

Yo había estado más o menos preparado para la noticia, pero la absoluta seguridad con que el doctor pronunció sus palabras me derribó. Al ver que guardaba silencio deduje que esperaba alguna clase de manifestación por mi parte.

—Bueno, entonces adoptaremos un niño. Al fin y al cabo... lo único que cuenta es que nos queremos, ¿verdad?

Y entonces prosiguió:

—Oliver, el problema es más grave que eso. Jenny está muy enferma.

—¿A qué se refiere con «muy enferma»?

—Se está muriendo.

—Eso es imposible —dije.

Y esperé que el doctor me aclarara que todo había sido una broma de pésimo gusto.

—Es así, Oliver —dijo—. Siento enormemente tener que decirle esto.

Insistí en que tenía que haber algún error, quizás esa estúpida enfermera suya se había confundido otra vez y le había dado la radiografía de otro paciente o algo así. Contestó con toda la compasión que pudo que habían repetido tres veces el análisis de sangre. Que no había ninguna duda en cuanto al diagnóstico. Que, por supuesto, teníamos que consultar con un hematólogo. De hecho, podía sugerir...

Moví la mano para interrumpirlo. Necesitaba silencio. Sólo silencio para dejar que todo eso tocara fondo. Entonces se me ocurrió una cosa.

—¿Qué le ha dicho a Jenny, doctor?

—Que los dos estaban muy bien.

—¿Se lo ha creído?

—Creo que sí.

—¿Cuándo tendremos que decírselo?

—En este momento... depende de usted.

¡Depende de mí! Dios mío... En ese momento, ni siquiera podía respirar.

El doctor explicó que la terapia para el tipo de leucemia de Jenny era meramente paliativa: podía aliviar, posiblemente retardar, pero no dar marcha atrás. Así que desde ese momento dependía de mí. Podíamos esperar un poco para la terapia.

Pero en ese instante sólo podía pensar en lo obsceno que resultaba todo aquel asunto.

—Tiene sólo veinticuatro años —le dije al doctor gritando, creo.

Él asintió con aire paciente: sabía perfectamente la edad de Jenny, pero también comprendía el golpe que eso significaba para mí. Finalmente me di cuenta de que no podía quedarme sentado indefinidamente en la consulta de ese hombre. De modo que le pregunté qué debíamos hacer. O más bien, qué debía hacer yo. Me dijo que procurara actuar de forma normal durante el mayor tiempo posible.

¡Normal! ¡Normal!

18

Empecé a pensar en Dios.

Me refiero a que la noción de un ser supremo comenzó a insinuarse en mis pensamientos. No porque quisiera pegarle en la cara, echarlo a puñetazos por lo que estaba a punto de hacerme a mí... o a Jenny, más bien. No, la clase de pensamientos religiosos que tenía eran justamente los opuestos. Como cuando me despertaba por la mañana y Jenny estaba a mi lado. Todavía a mi lado. Lo siento, me da vergüenza confesarlo, pero esperaba que hubiera un Dios a quien darle las gracias. Gracias por permitirme ver a Jennifer al despertar.

Yo procuraba por todos los medios actuar de modo normal, así que le dejaba preparar el desayuno, por supuesto, y todo eso.

—¿Verás a Stratton hoy? —preguntó mientras me tomaba el segundo tazón de leche con cereales.

—¿A quién?

—A Raymond Stratton, 1964 —dijo—. Tu viejo amigo. Tu compañero de habitación antes que yo.

—Sí. Pensábamos jugar al squash. Pero creo que lo cancelaré.

—¡Mierda!

—¿Qué, Jen?

—No empieces a cancelar los partidos de squash, niñato. ¡No quiero un marido blandengue, hombre!

—Vale —dije—. Pero entonces vayamos a comer juntos.

—¿Por qué? —preguntó.

—¿A qué viene tanta pregunta? —grité, tratando de dar rienda suelta a mi mal humor de costumbre—. ¿Es que no puedo llevar a mi mujer a comer, si me apetece?

—¿Quién es ella, Barrett? ¿Cómo se llama? —preguntó Jenny.

—¿Qué?

—Verás: si tienes que llevar a comer a tu mujer a un restaurante en día laborable, es porque debes de estar tirándote a alguna.

—¡Jennifer! —exclamé, francamente dolido—. ¡No quiero tener esta clase de conversaciones durante el desayuno!

—Bueno, pues comamos fuera.

—Entonces espero verte en casa para la cena. ¿Vale?

—Vale.

Le dije a este Dios, quienquiera que fuese y en cualquier lugar que estuviera, que yo me contentaría con permanecer en este *statu quo*. No me importa el dolor, Señor, no me importa saberlo mientras Jenny no lo sepa. ¿Me oyes, Señor, Señor? Pon Tú el precio que quieras.

—¿Oliver?

—¿Sí, señor Jonas?

Me había llamado a su despacho.

—¿Está usted familiarizado con el asunto Beck? —preguntó.

Claro que lo estaba. Se trataba de Robert L. Beck, fotógrafo de la revista *Life*, a quien la policía de Chicago dio una paliza mientras trataba de fotografiar un disturbio. Jonas consideraba que éste era uno de los casos clave para el bufete.

—Sé que la poli le dio una buena, señor —dije a Jonas como sin darle importancia (¡bah!).

—Me gustaría que lo llevara usted, Oliver.

—¿Yo?

—Puede llevar a algunos de los más jóvenes —contestó.

¿Más jóvenes? Yo era el tipo más joven de la oficina. Pero capté el mensaje: Oliver, a pesar de su edad cronológica, usted es ya uno de los veteranos de esta casa. Uno de los nuestros, Oliver.

—Gracias, señor —dije.

—¿Cuándo puede salir para Chicago? —preguntó.

Yo había resuelto no contárselo a nadie, cargar con todo el peso sobre mis espaldas. Así que le contesté alguna trola al viejo Jonas, no recuerdo siquiera exactamente qué, acerca de por qué no me parecía posible dejar Nueva York por el momento. Y crucé los dedos para que comprendiera mi situación. Pero sé que le molestó mi reacción ante lo que era obviamente un gesto muy significativo. ¡Oh, Dios, señor Jonas, cuando se entere de la verdadera razón!

Paradoja: Oliver Barrett IV sale de la oficina más temprano, pero regresa a casa más despacio. ¿Cómo se explica eso?

Yo había tomado por costumbre hacer compras imaginarias mirando los escaparates de la Quinta Avenida, contemplando las cosas maravillosas y exageradamente caras que hubiera comprado a Jennifer, si no hubiera querido mantener la ficción de normalidad.

Por supuesto, tenía miedo de volver a casa. Porque para entonces, varias semanas después de enterarme de la verdad, ella estaba adelgazando. Quiero decir, muy poco, y posiblemente ella ni siquiera era consciente. Pero yo, que sabía, sí lo notaba.

Miraría los escaparates de las compañías aéreas: Brasil, el Caribe, Hawai (Déjelo todo atrás: ¡vuele hacia el sol!), etcétera. Esa tarde en concreto la TWA recomendaba Europa fuera de temporada: Londres para compradores, París para enamorados...

«—¿Y mi beca? ¿Y París, que no he visto en toda mi vida?

»—¿Y nuestra boda?

»—¿Quién ha hablado de boda?

»—Yo. Lo estoy diciendo en este preciso instante.

»—¿Quieres casarte conmigo?

»—Sí.

»—¿Por qué?»

Tenía concedido un crédito tan fantástico, que ya era dueño de una tarjeta del Diners Club. ¡Zip! Mi firma en la línea de puntos y ya era el orgulloso poseedor de dos pasajes (primera clase, nada menos) a la Ciudad de los Enamorados. Jenny estaba muy pálida cuando llegué a casa, pero esperaba que mi fantástica idea devolviera algo de color a sus mejillas.

—¿Sabes una cosa, señora Barrett? —dije.

—¿Te han despedido? —conjeturó mi optimista esposa.

—No. Nada de eso —contesté, sacando los pasajes—. Nos vamos volando, volando —añadí—. Mañana por la noche, a París.

—Mierda, Oliver —dijo, pero en su voz no se advertía su habitual agresividad fingida. Tal como lo repitió después, sonaba hasta tierno—: Mierda, Oliver.

—Eh, ¿puedes definir «mierda» más concretamente, por favor?

—Eso no entraba en nuestros planes.

—¿Hacer qué? —pregunté.

—No quiero ir a París. No necesito ir a París. Sólo te necesito a ti...

—¡Pero a mí ya me tienes, nena! —interrumpí, y mi voz sonó falsamente alegre.

—Y necesito tiempo —continuó—, que tú no puedes darme.

La miré a los ojos y descubrí en ellos una inefable tristeza. Una tristeza que solamente yo comprendí. Su mirada me transmitió que lo sentía, es decir... lo sentía por mí.

Estábamos de pie, abrazándonos en silencio. Por favor, si uno de los dos llora, lloremos los dos. Pero preferiblemente que no lo haga ninguno.

Y entonces Jenny explicó que se había encontrado mal, «Tirada como un trapo», y que había vuelto a ver al doctor Sheppard no para consultar, sino para confirmar. A ver, dígame de una vez qué me pasa. Y él se lo contó.

Me sentí extrañamente culpable por no haber sido yo quien le diera la noticia. Ella se dio cuenta e hizo una acotación calculadamente estúpida.

—Es de Yale, Ol.

—¿Quién?

—Ackerman, el hematólogo. Totalmente de Yale. Facultad de Medicina.

—Vaya —dije, consciente de sus esfuerzos por quitar hierro a la tragedia—. ¿Sabe al menos leer y escribir?

—Eso aún no lo sé —sonrió la señora de Oliver Barrett, Radcliffe 1964—. Pero sí que sabe hablar. Y yo quería que hablara.

—Muy bien, entonces... por el doctor de Yale —dije.

—Muy bien —dijo ella.

19

Después de lo sucedido al menos no tenía miedo de volver a casa, no me agobiaba la obligación de «actuar normalmente». De nuevo lo compartíamos todo, aunque fuera la horrible certeza de que los días de nuestra vida en común estaban contados.

Había cuestiones que teníamos que discutir, cuestiones que por lo general las parejas de veinticuatro años no abordan.

—Cuento con que serás fuerte, campeón —dijo.

—Claro que sí —le contesté, preguntándome si su perspicacia le permitiría adivinar el miedo que agarrotaba al gran jugador de hockey.

—Quiero decir, por Phil —continuó—. Va a ser más duro para él. Tú, después de todo, serás el viudo alegre.

—No estaré alegre —la interrumpí.

—Estarás alegre, hombre. Quiero que estés alegre. ¿Vale?

—Vale.

—Vale.

Ocurrió más o menos al cabo de un mes, justo después de cenar. Ella todavía cocinaba, insistía en hacerlo. Finalmente la había convencido para que me permitiera limpiar (aunque me tomó el pelo diciendo que no era un trabajo propio de hombres), y estaba secando los platos mientras ella tocaba a Chopin en el piano. Oí que se detenía en la mitad del Preludio y acudí inmediatamente a la sala de estar. La encontré sentada, inmóvil.

—¿Te encuentras bien, Jen? —pregunté, refiriéndome a su estado en ese momento.

Me contestó con otra pregunta:

—¿Eres lo bastante rico como para pagar un taxi?

—Claro —respondí—. ¿Adónde quieres ir?

—Algo así como... al hospital —dijo.

Yo era consciente —pese al ajetreo que siguió— de que el momento había llegado. Jenny iba a salir de nuestro apartamento para no regresar nunca más. Sentada allí, mientras yo ponía en una maleta unas pocas cosas suyas, me preguntaba qué estaría cruzando por su mente acerca del apartamento. Quiero decir, ¿qué querría mirar para acordarse?

Nada. Estaba simplemente sentada, inmóvil, sin fijar sus ojos en nada.

—Eh —dije—. ¿Quieres llevarte algo en especial?

—Hummm, hummm... —Ella dijo «no», y después agregó como con retraso—: A ti.

Nos costó conseguir un taxi, porque la hora coincidió con la salida de los teatros y demás. El portero hacía sonar su silbato y movía los brazos a la desesperada como un árbitro de hockey. Jenny sólo se apoyaba en mí. Y yo en secreto deseaba que no llegara ningún taxi, que ella siguiera apoyándose en mí. Pero, claro, al final conseguimos uno. Y el conductor era —por suerte— un tipo divertido. Cuando oyó «Hospital Mount Sinaí, rápido», empezó con su perorata.

—No os preocupéis, chicos, estáis en buenas manos. La cigüeña y yo hemos trabajado juntos durante años.

En el asiento trasero, Jenny estaba abrazada a mí. Yo le besaba el cabello.

—¿Es el primero? —preguntó el alegre conductor.

Creo que Jenny se dio cuenta de que yo estaba a punto de soltarle un puñetazo al tipo, porque me susurró:

—Sé bueno, Oliver. Él está tratando de serlo con nosotros.

—Sí —respondí—. Es el primero y mi mujer no se

encuentra muy bien, así que... ¿podríamos saltarnos algunos semáforos, por favor?

Nos llevó al Mount Sinaí a toda pastilla. Fue muy amable, se bajó del coche para abrirnos la puerta y todo. Antes de irse nos deseó toda clase de buena suerte y felicidades. Jenny se lo agradeció.

Al ver que las piernas le fallaban, quise levantarla en brazos, pero ella se negó:

—No en este umbral, niñato mío.

Así que entramos andando y sufrimos a través del doloroso proceso de entrada.

—¿Tienen Tarjeta Azul u otro plan médico?

—No.

(¿Quién iba a pensar en esa trivialidad? Nosotros habíamos estado demasiado ocupados comprando la vajilla.)

Por supuesto, la llegada de Jenny no fue inesperada. Había sido anticipada anteriormente, y ahora estaba siendo supervisada por el doctor Bernard Ackerman, que era, como Jenny lo predijo, un buen tipo a pesar de ser de Yale de pies a cabeza.

—Le estamos administrando glóbulos blancos y plaquetas —me dijo el doctor Ackerman—. Es lo que más necesita de momento. Ha rechazado el antimetabolismo.

—¿Qué es eso? —pregunté.

—Un tratamiento para frenar la destrucción celular —explicó—, pero, como Jenny sabe, puede haber efectos secundarios desagradables.

—Oiga, doctor —sabía que lo estaba sermoneando en vano—, Jenny es quien manda. Todo lo que ella diga se hará. Sólo le pido que hagan todo lo posible para que no sufra.

—Puede estar seguro de ello —dijo.

—No me importa lo que cueste, doctor. —Creo recordar que estaba alzando la voz.

—Puede durar semanas o meses.

—A la mierda el dinero —solté. El hombre demostraba mucha paciencia conmigo, porque es evidente que estaba siendo grosero.

—Sólo quería decir que no hay modo de saber cuándo llegará el momento final —explicó Ackerman.

—Muy bien —asentí—, pero recuerde que quiero que tenga la mejor habitación privada. Enfermeras especiales. De todo. Por favor. El dinero no es ningún problema.

20

Es imposible ir en coche desde la calle 63 Este, en Manhattan, hasta Boston, Massachusetts, en menos de tres horas y veinte minutos. En serio, he probado los límites máximos en esta ruta, y estoy convencido de que ningún automóvil, extranjero o nacional, aunque lo lleve Graham Hill, puede hacerlo más rápido. Yo conducía el MG a 170 km por hora en la autopista principal.

Tengo esa maquinilla eléctrica de pilas y pueden estar seguros de que me afeité cuidadosamente y me cambié de camisa en el coche, antes de entrar en las benditas oficinas de State Street. Aunque eran las ocho de la mañana había varios tipos de distinguido aspecto bostoniano esperando para ver a Oliver Barrett III. Su secretaria —que me reconoció— ni siquiera pestañeó cuando anunció mi nombre por el teléfono interior.

Mi padre no dijo «hágalo pasar».

En lugar de eso abrió la puerta y apareció en persona.

—Oliver —dijo.

Preocupado como yo estaba por la apariencia física, noté que parecía un poco pálido, que su cabello se había vuelto grisáceo (y quizá más ralo) en estos tres años.

—Entra, hijo —añadió. No pude adivinar nada por el tono. Me limité a avanzar hasta su despacho.

Me senté en el «sillón de los clientes».

Nos observamos mutuamente antes de dejar que nuestras miradas se dirigieran a otros objetos de la habitación. La mía se perdió entre los objetos de su escritorio: tijeras en un estuche de cuero, un abrecartas con mango de cuero, una foto de mi madre tomada años atrás. Una foto mía (graduación en Exeter).

—¿Cómo te va todo, hijo?

—Bien.

—¿Y cómo está Jennifer? —preguntó.

En vez de mentirle eludí el tema —aunque era el tema— pasando bruscamente a la razón de mi brusca reaparición.

—Papá, necesito que me prestes cinco mil dólares. Por una buena razón.

Me miró. Con una especie de asentimiento, pienso.

—¿Y bien? —dijo.

—Dime.

—¿Puedo saber la razón?

—No puedo decírtela, papá. Sólo te pido que me prestes ese dinero.

Yo tenía la sensación —si es que en realidad se pueden recibir sensaciones de Oliver Barrett III— de que se proponía darme el dinero. También me di cuenta de que no quería plantearme problemas. Lo que quería era hablar.

—¿No te pagan en Jonas y Marsh? —preguntó.

—Sí, claro.

Estuve tentado de decirle cuánto, simplemente para hacerle saber que era el mejor pagado de la promoción, pero entonces pensé que, si sabía dónde trabajaba, sabría también mi sueldo.

—¿Y ella no enseña también? —preguntó.

Bueno, no lo sabía todo.

—No la llames «ella» —dije.

—¿No da clases Jennifer? —me preguntó cortésmente.

—Por favor, déjala fuera de esto, padre. Es una cuestión personal. Una importantísima cuestión personal.

—¿Has metido en líos a alguna chica? —preguntó, pero sin ninguna desaprobación en su voz.

—Sí —dije—. Sí, papá, es eso. Dame el dinero. Por favor.

Ni por un momento pensé que se creyera eso. Más bien pienso que en realidad prefería no saberlo. Sus preguntas, como he dicho antes, eran sólo para tener un motivo de conversación.

Buscó en el cajón del escritorio y sacó un librito de cheques a juego con el mango del abrecartas y la funda de las tijeras. Lo abrió lentamente. No para torturarme, no creo, sino para hacer tiempo. Para encontrar algo más que decir. Algo que no sonara fuera de lugar.

Terminó de rellenar el cheque, lo arrancó del talonario y luego me lo extendió. Yo fui posiblemente un poco lento en darme cuenta de que podía levantar la mano para encontrar la suya. Entonces él se sintió avergonzado (creo), retiró la mano y colocó el cheque en el borde de su escritorio. Me miró moviendo la cabeza. Su expresión parecía decir: «Ahí está, hijo.» Pero todo lo que hizo fue mover la cabeza.

No era que yo quisiera salir de allí. Era sólo que no se me ocurría nada que decir. Y era imposible quedarnos allí sentados, los dos deseando hablar y sin embargo incapaces hasta de mirarnos a la cara.

Me adelanté y tomé el cheque. Sí, decía cinco mil dólares, firmado Oliver Barrett III. La tinta ya estaba seca. Lo doblé cuidadosamente y me lo guardé en el bolsillo de la camisa, mientras me levantaba y me arrastraba hasta la puerta. Podría haber dicho algo que demostrara que sabía que por mi culpa muy importantes funcionarios de Boston (tal vez incluso de Washington) estaban esperando frente a su oficina, y sin embargo si tuviéramos algo más que decirnos el uno al otro yo podría hacer tiempo en tu oficina, papá, y tú cancelarías tus planes de almuerzo... y todo eso.

Pero me paré allí, con la puerta entreabierta, y reuní el valor para mirarlo y decirle:

—Gracias, papá.

21

El trance de dar la noticia a Phil Cavilleri recayó sobre mí. ¿Sobre quién, si no? No se derrumbó como temí que hiciera, sino que con toda calma cerró la casa de Cranston y se vino a vivir a nuestro apartamento. Todos nos enfrentamos al dolor a nuestra manera. La de Phil consistía en limpiar. Lavar, fregar, lustrar. La verdad es que no acabo de entender sus procesos mentales, pero, por Dios, que trabaje si eso le alivia.

¿Conserva la esperanza de que Jenny vuelva a casa?

¿Sí o no? Pobre hombre. Por eso se pasa el día limpiando: porque no acepta las cosas como son. Por supuesto, soy consciente de que no lo admitiría, pero sé que en el fondo eso es lo que le pasa.

Porque a mí me ocurre lo mismo.

Cuando Jenny estuvo ingresada en el hospital, llamé al viejo Jonas y le expliqué por qué no podía ir a trabajar. Aduje que debía colgar enseguida porque sabía que el hombre estaría afectado y sentiría la necesidad de decirme cosas que posiblemente no podría expresar. A partir de ese momento, los días se dividieron en horas de visitas y todo lo demás. Por supuesto, todo lo demás era nada. Comer sin hambre, mirar a Phil limpiando el apartamento (¡otra vez!), y no dormir ni siquiera con las pastillas que me recetó el doctor Ackerman.

Una vez oí a Phil musitar para sí mismo: «No podré soportarlo mucho más.» Estaba en la habitación de al lado lavando los platos (a mano). No le contesté, pero pensé para mí: «Yo sí puedo. Quienquiera que esté allá arriba dirigiendo todo este espectáculo, señor Ser Supremo, Señor, que siga así. Puedo soportarlo ad infinitum. Porque Jenny es Jenny.»

Esa tarde ella me echó de la habitación. Quería hablar con su padre «de hombre a hombre».

—Esta reunión es sólo para norteamericanos de ascendencia italiana —dijo, tan blanca como las sábanas—, de modo que ya te estás largando, Barrett.

—Vale —dije.

—Pero no te vayas muy lejos —dijo cuando llegué a la puerta.

Me senté en la sala de espera. Al cabo de un rato apareció Phil.

—Dice que entres —susurró roncamente, en un

tono que expresaba todo su dolor—. Yo voy a comprar cigarrillos.

—Cierra la puerta, hombre —ordenó ella mientras yo entraba en la habitación.

Obedecí: cerré la puerta despacito, y cuando me volví para sentarme junto a la cama, la vi mejor. Quiero decir, con los tubos que iban a su brazo derecho, que ella mantenía oculto debajo de las sábanas. Me gustaba sentarme muy cerca y quedarme mirándola, observando su cara, en la que, pese a la palidez, los ojos seguían brillando. Así que me senté muy cerca.

—No duele, Ollie, de verdad —dijo—. Es como caerse de un acantilado a cámara lenta, ¿sabes?

Algo se revolvió en mis entrañas. Alguna cosa sin forma que me atenazaría la garganta y me haría llorar. Pero no sucumbiría. Nunca. Soy un cretino y un cabronazo, está visto. Porque no pensaba llorar.

Pero si me negaba a llorar, entonces no podría abrir la boca. Tendría que limitarme a asentir con la cabeza. Así lo hice.

—Mierda —dijo ella.

—¿Qué? —Fue más un gruñido que una palabra.

—Tú no sabes lo que es caerse de un acantilado, niñato —dijo—. Nunca te has caído en tu perra vida.

—Sí —dije recuperando el don de la palabra—. Cuando te conocí.

—Sí —dijo, y una sonrisa cruzó su rostro—. ¡Oh, delincuente caída! ¿Quién dijo esto?

—No sé —repliqué—. Shakespeare.

—Sí, pero ¿quién? —dijo en tono lastimero—. No recuerdo en qué obra. Estudié en Radcliffe, tendría que recordar todo eso. De hecho hasta me sabía todo Mozart.

—Ya lo creo.

—No te quepa duda —dijo, y entonces frunció el ceño—. ¿Qué número es el concierto para piano en Do Menor?

—Lo averiguaré —prometí.

Sabía justo dónde consultarlo. En el apartamento, en un estante al lado del piano. Lo buscaría y sería lo primero que le diría a la mañana siguiente.

—Yo lo sabía —murmuró Jenny—. Sí, antes lo sabía.

—Escucha —dije al estilo Bogart—. ¿Quieres hablar de música?

—¿Preferirías hablar de funerales? —preguntó.

—No —dije, lamentando haberla interrumpido.

—Eso ya lo he hablado con Phil. ¿Me escuchas, Ollie?

Yo me había vuelto.

—Sí, claro que te escucho, Jenny.

—Le di permiso para que organizara un servicio católico; tú dirás que sí, ¿verdad?

—Vale —dije.

—Vale —replicó.

Y entonces me sentí un poco más tranquilo, porque, pasado eso, cualquier cosa de la que habláramos sería un alivio.

Me equivocaba.

—Oye, Oliver —dijo Jenny, y lo hizo con su voz airada, aunque suave—. Oliver, tienes que dejar de sentirte mal.

—¿Yo?

—Ese aire de culpabilidad, Oliver... es enfermizo.

Prometo que procuré cambiar de expresión, pero mis músculos faciales estaban como congelados.

—No es culpa de nadie, niñato de mi alma —prosiguió ella—. ¡Por favor, deja de culparte!

Quería seguir mirándola, no perderla nunca de vista, pero aun así tuve que bajar los ojos. Me avergonzaba que incluso en esos momentos Jenny supiera a la perfección qué pasaba por mi mente.

—Escucha, sólo te pido una cosa, Ollie. Por lo demás, sé que estarás bien.

Esa cosa que me atenazaba las entrañas volvió a revolverse, de modo que tuve miedo de hablar. Me limité a mirar a Jenny en absoluto silencio.

—A la mierda con París —dijo de repente.

—¿Eh?

—A la mierda París y la música y todas las porquerías que tú piensas que me robaste. No me importa, cretino. ¿No me crees?

—No —le contesté con toda sinceridad.

—Entonces puedes irte al mismísimo diablo —dijo—. No te quiero en mi lecho de muerte.

Lo decía en serio. Yo sabía cuándo Jenny decía algo

en serio. De modo que obtuve el permiso para quedarme mediante una mentira:

—Te creo —declaré.

—Así está mejor —asintió—. Ahora, ¿me harías un favor?

Desde algún lugar de mi interior vino ese devastador impulso que pugnaba por hacerme llorar. Pero me resistí. No lloraría. Simplemente le indicaría a Jenny —con un movimiento afirmativo de mi cabeza— que me haría muy feliz hacerle un favor, fuera el que fuese.

—¿Podrías abrazarme muy fuerte?

Puse una mano en su antebrazo —Dios, tan fino— y le di un apretón.

—No, Oliver —dijo—. Abrázame de verdad. Bien cerca de mí.

Tuve mucho, muchísimo cuidado —con los tubos y esas cosas— mientras me metía en la cama con ella y la rodeaba con mis brazos.

—Gracias, Ollie.

Fueron sus últimas palabras.

22

Phil Cavilleri estaba en la terraza, fumando su enésimo cigarrillo, cuando aparecí.

—¿Phil? —dije suavemente.

—¿Sí? —Alzó los ojos y creo que en ese momento lo supo. Saltaba a la vista que necesitaba alguna clase de consuelo físico. Caminé hacia él y le apoyé la mano en el hombro. Tenía miedo de que llorara. Estaba casi seguro de que yo no lo haría. Es decir, no podía. Ya había pasado por todo eso.

Él puso su mano en la mía.

—Desearía —murmuró—, desearía no haber... —Hizo una pausa y esperó. ¿Qué prisa había, después de todo?—. Desearía no haber prometido a Jenny ser fuerte por ti.

Y, para honrar su plegaria, acarició mi mano muy suavemente.

Pero yo necesitaba estar solo. Tomar el aire. Dar un paseo, tal vez.

Abajo, el pasillo del hospital estaba absolutamente en silencio. Todo lo que podía oír era el sonido de mis propios pasos en el linóleo.

—Oliver.

Me detuve.

Era mi padre. Excepto por la recepcionista, estábamos los dos solos. De hecho, nos contábamos entre las pocas personas de Nueva York despiertas a esa hora.

No pude enfrentarme a él, así que me encaminé a la puerta giratoria. Pero en un instante él estaba allí fuera, de pie cerca de mí.

—Oliver —dijo—, debiste habérmelo contado.

Hacía mucho frío, lo que en cierto sentido era bueno, porque yo estaba embotado y quería sentir algo. Mi padre continuó dirigiéndose a mí, y yo continué quieto y en silencio, dejando que el viento frío azotara mi cara.

—Tan pronto como me enteré, me vine en coche.

Me había olvidado el abrigo; empezaba a acusar el frío. Bueno. Bueno.

—Oliver —dijo mi padre precipitadamente—, quiero ayudarte.

—Jenny ha muerto —le dije.

—Lo siento —dijo en un murmullo compungido.

Sin saber por qué, repetí lo que en una ocasión, mucho tiempo atrás, me había dicho aquella maravillosa mujer que acababa de morir:

—El amor significa no tener que decir nunca «lo siento».

Y entonces hice lo que nunca había hecho en su presencia, y menos aún en sus brazos. Lloré.